神棍

范家駿詩集

總　序
台灣詩學吹鼓吹詩人叢書出版緣起

蘇紹連

　　「台灣詩學季刊雜誌社」創辦於1992年12月6日，這是台灣詩壇上一個歷史性的日子，這個日子開啟了台灣詩學時代的來臨。《台灣詩學季刊》在前後任社長向明和李瑞騰的帶領下，經歷了兩位主編白靈、蕭蕭，至2002年改版為《台灣詩學學刊》，由鄭慧如主編，以學術論文為主，附刊詩作。2003年6月11日設立「吹鼓吹詩論壇」網站，從此，一個大型的詩論壇終於在台灣誕生了。2005年9月增加《台灣詩學・吹鼓吹詩論壇》刊物，由蘇紹連主編。《台灣詩學》以雙刊物形態創詩壇之舉，同時出版學術面的評論詩學，及以詩創作為主的刊物。

　　「吹鼓吹詩論壇」網站定位為新世代新勢力的網路詩社群，並以「詩腸鼓吹，吹響詩號，鼓動詩潮」十二字為論壇主旨，典出自於唐朝・馮贄《雲仙雜記・二、俗耳針砭，詩腸鼓吹》：「戴顒春日攜雙柑斗酒，人問何之，曰：『往聽黃鸝聲，此俗耳針砭，詩腸鼓吹，汝知之乎？』」因黃鸝之聲悅耳動聽，可以發人清思，激發詩興，詩興的激發必須砭去俗思，代以雅興。論壇的名稱「吹鼓吹」三字響亮，而且論壇主旨旗幟鮮明，立即驚動了網路詩界。

「吹鼓吹詩論壇」網站在台灣網路執詩界牛耳是不爭的事實，詩的創作者或讀者們競相加入論壇為會員，除於論壇發表詩作、賞評回覆外，更有擔任版主者參與論壇版務的工作，一起推動論壇的輪子，繼續邁向更為寬廣的網路詩創作及交流場域。在這之中，有許多潛質優異的詩人逐漸浮現出來，他們的詩作散發耀眼的光芒，深受詩壇前輩們的矚目，諸如：鯨向海、楊佳嫻、林德俊、陳思嫻、李長青、羅浩原等人，都曾是「吹鼓吹詩論壇」的版主，他們現今已是能獨當一面的新世代頂尖詩人。

　　「吹鼓吹詩論壇」網站除了提供像是詩壇的「星光大道」或「超級偶像」發表平台，讓許多新人展現詩藝外，還把優秀詩作集結為「年度論壇詩選」於平面媒體刊登，以此留下珍貴的網路詩歷史資料。2009年起，更進一步訂立「台灣詩學吹鼓吹詩人叢書」方案，鼓勵在「吹鼓吹詩論壇」創作優異的詩人，出版其個人詩集，期與「台灣詩學」的宗旨「挖深織廣，詩學台灣經驗；剖情析采，論說現代詩學」站在同一高度，留下創作的成果。此一方案幸得「秀威資訊科技有限公司」應允，而得以實現。今後，「台灣詩學季刊雜誌社」將戮力於此項方案的進行，每半年甄選一至三位台灣最優秀的新世代詩人出版詩集，以細水長流的方式，三年、五年，甚至十年之後，這套「詩人叢書」累計無數本詩集，將是台灣詩壇在二十一世紀中一套堅強而整齊的詩人叢書，也將見證台灣詩史上這段期間新世代詩人的成長及詩風的建立。

若此，我們的詩壇必然能夠再創現代詩的盛唐時代！讓我們殷切期待吧。

2011年7月修訂

自序
──我們消失了一段時間

沒錯。我已經不記得是誰先走，是書前的你們，還是書中的我；等待是一個虛詞，詩中的我一直是個以算命為生的人，當你願意伸出你的手，讓我撫摸，讓我以為，這次你是真的想要帶我走。

就是這樣的一種感覺，我讓自己消失了一段時間，回到十一年前那個午後，新買的電腦，不太會打字的我，遇到人生中第一個詩歌的啟蒙老師黑俠大哥，透過他了解到詩歌，也透過他來到了吹鼓吹──我生命中百花盛放的荒原，在那裡時間總是過得很慢，甚至是太慢，我可以慢慢地讀一首詩，直到它飛起來或者，死掉。在那裡我理解了自己的傷心，我理解了自己的虛榮，最重要的，我甚至理解了，我其實哪裡都沒去，我只是消失了一段時間。活在不被看見的自己裡，我每寫一個字就像為自己點了一盞燈，直到我身體裡頭充滿了陰影。

我停下了筆。

接著開始放逐自己，整整五年。迷上了網路遊戲，迷上了盜版音樂外國影集，在睡前學會不再看著天花板問一些其實不可能發生的問題；於是日子開始在我周圍輕盈了起來，我開始適應這個世界不再對我大聲說話，開始習慣不再凡事忘東忘西，不在下雨天就忍不住想要出門，我甚至開始有了平常心。

直到五年後的一個晚上，我的眼睛因為某回外傷而日久漸漸模糊終至幾乎失明的狀態，躺在手術台上，奇怪我居然不擔心手術的成敗。我只是想起了詩，想起五年前開始被我小口小口吃掉的自己，不由自主地，我好的那隻眼睛開始流淚，我可以感覺到對自己好深的恨意，從那個小小的洞口裡溢出來，而另一隻眼睛卻因為麻醉，硬生生地乾枯著。出院後，我打開空白的手稿如是寫下：花了五年，我很高興，終於學會了迷失。

回到文本上，我想大略談談這本詩集的整體構思。神棍這個詩題是在整理詩作之餘脫口成出的，看著自己的作品，在大量連續的閱讀中隱隱然察覺了我詩作的方向性（雖然這是我的寫作時深惡痛絕的部份），那也就是在神祕感和預言性上的執迷，我認為每件事物都有與生俱來的神祕感，就像那些事物的背面，無法直觀卻也存在；而預言性是文字本身的能力展現，它不被綁束不被邏輯甚至具有超越自我生命的延續存在，意即它可以存活在語言消失的以後或地方，成為一種鐵證或者那些值得錯誤的景觀。總的來說，這兩者組成出了一個字：新。那一切事物也站不住的點，我們鍛鍊體力、整束裝備，最後甚至連「自己」這對它來說多餘的部份也都拋下了，一次次地朝它的上坡衝去……。

能支持我的，只有對所有事物皆存的神祕感與我對時間這一介詞的魯莽預言。而這不就是一個神棍的工作？我們是那（文字的）神棍，在敲敲打打中（導盲式的鍵盤摸索聲），尋找另一個盲人（先天上的共識），而在一路跌撞中始終沒有懷疑過自己走在詩的路上，並深深體悟了，在詩的眼睛裡（盲人

的鼻祖？），你可以是個神棍，也可以是個盲人，除此之外，你甚麼都不是。於是我終於明白在現實中那看似顛倒的事其實都存在了真理，原來寫作其實是進入了一種聆聽的狀態，像個接受器，嘗試濾掉四周的雜音藉以聽見事物本身的頻率，那些忽大忽小的雜音原來是事物相距太近所以產生的彼此干擾，而現在，我們取代了那個介質。把萬物連接在一起，通過我的身體，它們相互寒暄握手故作姿態相應不理，我把這些都寫下來了，直到它們不再說話。

這本詩集分為三輯，輯一為郎中，它主要收編了自一開始為詩（2002～2005）至突然停筆前的作品，紀錄我人生中極為渾沌甚至是鬼畫符的一段；輯二神棍（2010～2012），乃集結了重新出發後的詩作，有關於在我生命中消失的那些年頭，做一次較為大範圍且殘忍地自省；輯三則是群魔，收錄的是組詩們，那些不得不以各自說話的方式來認識彼此的作品；而我也特別在作品與作品間穿插了一些有關於寫作時候產生的心得與觀想，總共有「唵嘛呢叭咪吽」六則短文，冀希與讀者們產生另一層有別於詩的對流方式。

在這裡我必須坦承其實打從心底從不諱言自己真的很想成為一個詩人，雖然這條路看起來還很遠很遠。而我在這裡由衷地感謝你們的支持，無論是我認識或不認識的，謝謝你們讓我行走在這條路上，一直懷抱著一份回家的感覺。

目 次

「郎中」

螺絲

我一生都活在節骨眼裡

出生時
我頭頂上就有個傷口——
無法痊癒的憤怒。
當我擰進妳的身體裡：
被動的愛人
我們婉轉地傷害著彼此
啊，在最沉默而又激情的吻合中
以我炙熱的體溫
為妳車造一條，雪亮的膛線

神說：悲傷。當疼痛賦予生命更遠的視野
由無數精密螺旋體裝配出的
人類。我研究你們
在沒有盡頭的生產線上
木然隨時崩潰的表情

以極其嫻熟的動作
完美操作構造簡單的巨大機器
在一個又一個不被連貫的噪音中
粗糙地將彼此鎖入

輪迴，我一生都在形容你的模樣
復活節前夕，雨
夢中我生鏽得厲害
踮著世人看不見的腳尖
憂懼的步伐，發出
與大地告解的黑色哭聲
逆時針，我禱告
每一次自轉
就是對宇宙的一次體會
直到觸及彼此最艱深的描述

我是如此活在極端裡
千萬光年之外
將自己深深嵌入
這一體成型的世界

一個冷眼的　　x

老兵

老兵的繭
包裹戰火的餘燼
史詩不是勇士的桂冠
露出破鞋的腳指
無聲控訴街的濃妝
容不下顏色蒼老

扯開軍服
衰老的帶原者
戴上鄉音的口罩
隔離在笑聲之外
哀傷著下一個背叛者的刺入
會是你最愛的國歌？

達達的靴聲在蛛網上行軍
你伏在地上沒有聲息
出槍瞄準遠方的殘星

今晚又要少了幾顆？
用複寫般的熟練
寒風中甩出凋零的步影
酸楚持著脫毛掃帚
不忘緊捂咳嗽的褲縫
目迎不目送的歲月走過

孤燈下的問號
摩挲那閃亮的孩子
端坐床頭的老妻
笑意藏在迷霧之中
只消淡淡一抹
就年輕了起來

Blue Jazz

當疲倦擦響雙人沙發的
沙啞，正是指尖虛按小喇叭
清亮so、fa音階時候

角落小貓躍上我的煙圈
輕舔半透明的耳窩，貪玩
尾巴敏感喉結，那遺忘的唱針
還是熄了最後一盞清醒的夜火
依稀你餵了我一塊糖
就讓真空管悄悄將自己燒亮

是誰懶懶吹起失眠的saxphone
痴痴向發呆要些藍色的淚光
掏空著默許音符灑滿
一圈又一圈孤單節奏

翻飛的憂傷
凝固高潮沉在杯底
你的顫音在心房鑿了個凹，螺旋記憶
一寸寸錐入靈魂著床之處
低八度緩慢溶化

喔！別再敲那晶瑩鼓棒
從海奔來的鼓浪，驚起
一隻隻穿膚而出的黑色刺鳥
瞎眼房內唧聲渴望
我亂舞，浪頭越拔越高
旋律卻端作鏡前開始掉髮
一切戛然而止
晨光傻傻
舔著杯緣微苦咖啡
像個犯錯的孩子

夜晚終將來臨
我該如何說
不
當Blue Jazz
再　度　點　燃

今早我在公廁生下一首詩

今早，構思著一首詩
那是閱讀報紙關於
某某意外死於公廁
以蹲姿出力的同時
那時，他正寫著
一首耐人尋味的詩
（以下是死者文字的節錄）

「喜悅，惡臭中誕生
文字激起詩的水花
能夠動搖我拘謹坐姿的
是一句濺濕的三字經
靈感需要正確的姿勢
蹲姿之必要
在於讓世界成為一首乾爽的詩
在最後一隻推糞龜死去的早晨
將靈魂幽閉於一坪大小的文字中

杜撰自己空白的平生
假抄寫聖經般虔誠
紀錄一段推糞龜般的死
是的，還有甚麼比
廁所中分娩一首詩更偉大的事
出力之必要
在於讓記憶的閘口
裂開至疼痛的寬度
以利寂寞伸出缺氧的頭顱
舒緩下半身／生的現實
繼而投入混濁亂世
只為在我牢騷的胃部
──重生」

一扇封死的氣窗
文字變得耐人尋味
在沒有捲筒衛生紙的同時
我看著蹲坐的自己
一首詩的樣子

我的眷村

老舊平房
拉來陽光評評理
誰比較高
石縫小草卻總是
露珠的天堂
邊坡小狗追逐
豆漿伯清晨的起床號
有一搭沒一搭的
把我兜下了床
還有在夢中一直
握著的彈弓
鞋兒禁不住趾頭的呵搔
開口笑了
牙刷還賴在杯裡
蓬著頭不肯洗澡

咯　咯　咯
誰一溜煙轉出金色的小巷
死黨的背影
已消失在操場那頭
笑聲
還在追

我們的愛

我們的愛
　　是一條過長的包皮
無法切斷的宿命
走入愛情的濃霧森林
你吸了太多的瘴氣
厥倒在醉意的笑渦深處
那倉皇割開的口子
陰莖不住滴落的
斑斑血跡　一路上
是我寫下尋人啟示

我們的愛
　　是一枚酸楚的膀胱
兩條蛇在破瓦中交纏
注滿寵壞彼此的愛意
為了將一切牢牢印記
你發狂的咬著我的蛇信

在你的海洋中迷航
是戀母的神格
直到雪白的床單開滿
唯有情人才能判讀的圖碼
在暴雨的陽台瘋狂做愛
咱們仍是乾涸的水蛭
因為愛，憋著

彼此眼中最完美的私處
我們的愛

達娜依谷之歌

幽谷夜鶯唧下的神木芬芳
纖柔月光蘊吐的薑花霧涼
那一抹天上忘記帶走的微笑
我的愛，達娜依谷，我的故鄉

是多刺的毒藤坎入了祖先心臟
您卻教導我們要學會原諒
眼睜睜看人類黯淡你的容顏
我們也刺瞎了澄澈的目光

白天四顧巡搜，夜晚燃著火把
昔日捕圍的面容如今卻閃動淚光
我躲在遠方偷看，青壯月下惆悵

回來吧，達娜依谷，我的傷
浴火後的歌舞由河谷點醒村莊
我也在母親的懷抱，輕輕唱

（註：達娜依谷位於嘉義縣阿里山鄉

山美村有一條達娜依谷溪。

達娜依谷是台灣原住民語鄒族的譯音，

原意是「魚忘記游走的地方」。）

說書

在你眼底
永恆著一座天空
滾輪的足跡播放著
唱盤式的老年記憶

嘴中吐出的江山
在打擺的指端流轉
粗心的老頑童呵
一切在你眼中，都是
易碎的風景
箏線織出的髮
總少不了被風提醒
天際的雲
離那一年很遠很遠了

每當你說起：
大雨落在荷葉上

千萬朵的湖阿！
在雨中尋篙
老家迴廊上穿堂的風箏
疾走在每扇失修的眼眶外
轉個彎
變作一位江湖的郎中
乘著歲月的竹板
漂洋過海，清瘦
的大街上，穿起長袍
走一個過場
謅出皺紋裡壓箱的荒唐
竹板一響：下回分曉
噹噹
又一頓半飽……

「嘿嘿，人生總是下回分曉」
你像一片陳皮似的
笑了

戴帽的老人
懷中收藏一生撫落
盈握不住地

長吁短嘆
轉了個彎
一不小心，散了半空
說書的魂縷

竟沒一根
黑的

阿比

你喜歡人家這樣叫你的名字
一種出力的方式
在疲倦與髒話交媾的夜晚
香菸中出走的檳榔攤女子
（阿比　你是我的情歌）

靜脈中竄流
十餘種精華無私的勃起
一雙雙強而有力的莽臂
推動著缺牙的巨輪
嚼過了天空
當外勞擦乾安全帽下
醃漬的夜色
太陽不知不覺地
在辛勤的雨鞋下
畫出家後的彩虹
（阿比　你是我的鄉愁）

廉價與阿莎力的組合
靈魂的飢渴
總是比三十cc還多
恬淡的你
輕輕划著咖啡色的夢
在硬化與阻塞的河道之中
拋出了死亡的船錨
（阿比　你是我的解脫）

你喜歡人家這樣叫你的名字
以一種麻吉的方式

（註：阿比是維士比的暱稱，藥用，

一天不得飲超過三十cc）

童年的雨勢

像貓一樣的午后
整個世界都在側睡
無家可歸的玩具水槍
靠在小店門口空瓶的呵欠上
乾燥的管壁中
螞蟻前來招領
其中一隻搬走了「水」這個字

當心情走失了以後
流淚便是奢侈
你在每粒米上刻下一滴故事
放大鏡下苦思
飼養這個夏天的方式

沒有人知道影子童年的樣子
年長的大樹攤了攤手
不小心拂過

新裝來遮雨的浪板
在這個過度光滑的夏天
天空，以一種站不住的表情

鬆開

唵：淺説意象

　　與其説詩歌是小眾，不如説詩歌是讀者與作者「覆蓋率」最高的一種文體。

　　所以不難想見，在詩歌中信奉意象具有多變態的意義；我們面對的是一群貪狼，一群披著閱讀者的皮底下卻是一個狡猾的創作者的野性動物。想要成為一首好的作品，你必須把自己割傷，流出血來吸引狼群，狼群不來，無奈鮮血卻已漸乾，我看見你繼續往自己身上抹一刀，再一刀。而你一點都不願意同情自己，你對我笑説：看，每一刀，都是一個絕佳的意象。

　　是啊，意象，這死去活來的東西。咱們分食了你的詩，你的意象四竄在咱們的身體裡，讓我們辨識到對方身上的血腥，是那樣地獨特，那樣地小眾。

新理想國

當你在螢光幕上微笑
介紹剛剛立法通過的
新理想時；
那插在褲袋中的我的手
總下意識地
玩著垂頭的鳥。
寂寞的十八歲
在一次無感自慰後，突然射出
一句生命的真相：
「痛苦並不會使人成長，成長卻
十分苦痛。」

是的，健忘是全民的政治。
遠見的政客，傳誦
洗腦的崇高，透過實況搖頭過程，
宣導防治思想愛滋的新藥。
把結紮納入健保，

嘉惠廣大之雜交主義者。
歸建我們的基因族譜，加以編號、
竄改與複製；藉以神鬼不覺地
合法作票。

是的，知識分子比綁匪還不可原諒，
隨意散播自由的謬論
　　　　　靈魂的探索
下半年度咱們將編列預算
加以撲殺；以彰顯絕不向罪惡低頭的
鐵腕決心，貫徹無我的環保政策。

請閉上你忍不住寂寞的春叫！
求偶的蟲聲只會
招惹更多不懂高潮的鳥。
在不許射精的年代，
誰都無法逃避悲傷
的電腦選號。
當天災人禍成為
茶餘飯後的每日一笑；
莊嚴的國歌成為
轟趴催情音效。

親愛的同胞！
快快吞下你手中
健保給付的迷幻藥，
把生命交給偉大的綠卡領導；
讓我們一起吹響
真理的名號！

歷史的三弦調
——無骨之塚

血染的藏高
懸於你頸間的哈達
有著鮮紅的哀思
在世界屋脊之屋脊
凍傷的犛牛圍成陰霾形狀
等待朝陽溫柔地穿透
脫下厚重背影
化為一匹匹飛向雲海的天馬
飛向曾經吐魯番的榮耀
大小昭寺中漫步的文成公主
笑容依舊唐朝

經輪逆轉
糌粑不香
人間最後的淨土
在加持的咒文中慢慢神話

佛手如山
你孤絕向文明洶湧推出
世界僅僅以一個嘆息之力
就將百寺的千年震倒
然你是不哭的岸石
夜空密門已關
雅魯藏布江上流轉的盲星
怒濤中寂靜地坐化

傾聽乾淨的裂裟
秋殿上拖出刺耳的槍響
跟蹤你隨緣的行腳
可是竊喜尖刀？
慈悲的遺世喇嘛
胸臆間可還有布施的心腸
給予頭頂食腐禿鷹
一塊爭啄的戰場？
方才大悟天地之遼茫
無非一廣大之天葬台
然此生榮辱亦不過昨夜杯中
油花淺淺一笑

當你溫柔地削去自己的靈與肉

雕成一把樸拙的骨琴

繫上血泊中抽長之未名草

輕輕彈起歷史的三弦調

直到沉睡……

遍地的碎骨，無名

永恆的哀歌，無聲

風中　雨中

有無盡的劫灰

括弧

（　喜歡妳低頭的樣子
腰桿微微地弓滿心事

妳熄燈的右手
寫在枕下那尚未發芽的囈語
向左側翻了輪廓
恰好是一句晚安的長度

夢從上游中抽出一條魚骨
魚頭焦急地尋找故事的身軀
在流失的坡度中
然而結尾是一種完美的動作
我們總貪心地
劃不完青春的河流

哀傷我甦醒的樣子
妳張開捕夢的雙臂
緊緊地將我　）

憂鬱不憂鬱

在一本厚重的苦窯日記中
第七十六頁第六行第八個字上
巧遇了你，一個熟悉的
錯別字

我的過去。再過去
黑夜撕開了一角
屬於杜鵑的黎明

可是，杜鵑：
三月該是如何飛越你的喙聲？
關於一個青春期男孩，在空糖罐中
尋找自己的童年
搖晃寂寞的糖粉，嚎啕著
一種鴿灰色聲音
而你的兄弟是否也和我一樣
還在深林呼喚貪玩的竹蜻蜓？

這畢竟是無關今早裹油條的那份報紙：
「一位資優生自縊了」
學校廣場上金色的雕像
手指硬生生指向
繁忙的柏油馬路上
十七歲畫下的完美落點

我被分發到第六排第八個位置上
老師的點名聲像是
迷途教室的杜鵑：
翻到課本第七十六頁有關自由落體的……
靠窗望著操場滴水的鞦韆
憂鬱，不憂鬱
一隻斷翅的蜻蜓
停在你執意不去修正的那個字上
窗外是
三月的藍天

島

我伸直腰
海上就多了一座島
揮揮衣袖
瞧一群老鳥
落在
帶著呢帽的頭顱上
一些塵灰　驚起
飛成另一群
遙遠的雛鳥
朝光軌駛去的方向
海上　又多了一座
新生之島

時間坐在我身邊
勸醉的酒
灑在我們細碎的言語上
上次與你一晤

會是在誰的小時候？
彷彿在大海中迷航的
半葉方舟
我的深沉源自一球火光
一如最深的哀傷源於
孤獨的必要

海，一條流動的藍色鎖鏈
一具具沉重鎖頭
我們將生命鎖在時間的心房
每回興奮的振顫
就是另一個鎖的
開啟或
死亡

當我引吭
只一首無言歌
寧靜海面上
瑩瑩
所有生命的原鄉

居中，有時稍左的人間

居中，有時稍左
大街上人們以睡姿寒暄。

一匹野馬在內側車道奔跑
紅燈前，禮貌性停下腳步。
老婆提醒我：
動物園關閉前，別忘了
把你的寶馬跑車停回去。

居中，有時稍左
有心的人
走路時請靠右
我開始竊喜自己與生俱來的偏頗
然後驕傲地否定，然後。

瞧！春天，一隻鼻孔猶在跟自己賭氣。

有時候很想上網查詢，誰曾認真統計過
早晨起床，左腳或右腳
比較容易安全著地？
傍晚，左半球的天空依然發炎。
妻問我
在極度乾燥的房間
愛撫，是否違反公共安全？
還是打電話找個陌生人吧……

　：對了，妳那邊幾點？

兩人的彌撒

可是，親愛的
方格子並不適合餐桌
古老的遊戲
青豆，鬆餅，一條魚
自井底緩緩浮出
探頭的光陰
（換誰了？握著一把雪的你）

還是，親愛的
我們多久沒有夢見陸地？
多久沒有好好的數落星星？
我們在海面畫著自己的倒影
倒影畫著面海的
我們多久沒有醒在夢裡？
（身上滴水的羊毛衫
　　發出數羊的聲音）

然而，親愛的
你還記得那夜假寐的黎明？
隔天咱們甚麼也不做
任憑時間將你我
割成百葉窗，黑暗中
撫摸著彼此的呼吸
只一首詩時間
　（你的鼻息
　　是一尾漸漸長出睫毛的魚）

可否，親愛的
換上我送你的格子衫
讓我幫你把窗色折上
蠟燭熄滅的剎那
　（開始說話）

寄居蟹的告白

寧可相信
你是從海上來的
那只美麗的螺衣
我們曾有過的
歡聲的海韻
如今已是拍岸的電子舞曲
象徵永世不朽的保麗龍
一台沒人收留的隨身聽
永伴擱淺內灣漏油的鐵達尼
義務構築海鳥的墓地

是否，我們曾走過的
海岸線，不再蜿蜒如許
在月色溫柔的指引下
化作仙界的樂園
咿咿阿阿的旋律
密過潮汐的頻率

隨潮聲拂來陣陣──
燒烤過蜜汁的海風
當同伴們都已成為紀念品
或在發臭的洞穴中
以肉身證道
我卻仍在這裡留連
只為了你堅固的柔情

ps.永遠愛你
我的可樂瓶

一角

遂如白色的火炬在記憶邊陲上盛開
那塊巨大的流浪感，自幽深的心底
浮出，以冷冷的肅容鋒利的身線
切開我曾遙望的，更遠

是一座無法征服的山
我還記得最後那位登山客的背影
以冰橇的十字反覆質問著明天
在燧人氏的火花中，那些寫完
隨即消逝的字，我還記得
當他說：看見，也許只是為了遺忘……

撫摸陣痛中的海洋，懷孕的遠方呵
莫非，你是那害喜的現象
以零下的體溫，去孵化
所有年輕水手們不需國籍的
夢想。浸淫銀河悠長的潮汐聲中

梯形的時間，宛若一艘艘豪華的鐵達尼號
我們滿載這世界的空虛，朝你
最堅硬而又易感的私處進發

走入一場評價兩極的首輪電影
撕去自己一角，才發現
身旁站滿了沒有座號的高腳椅
迷途的大翅鯨與搖擺不定的企鵝政客
舞台上，各自表演屬於亞熱帶的神話
獨自坐在無人的二輪戲院
最後一排，我關上耳朵，傾聽
與星星等高的獨白，並努力遺忘
字幕後方那些過於沉重的嘆息
當你以彗星之姿折入天地間，我看見
眼淚的聲音，自我內部
落下，寧靜了我們始終無法停泊的天性

「因為熱愛，所以極端。」
終究是神在這世上唯一的
建築。你在熊熊藍焰中，點滴燃燒
沒有名字的守夜人，讓我稱你為
一角，好嗎？

每一道晨光中，你走來
以無法逼視的速度，輕輕就這麼，輕輕
坐下……化為我心中
永恆的海拔

意志的春天

終於，我們像兩隻毛蟲於廢棄輪胎中相遇
並熱切討論成為一隻蝴蝶的可能。

一萬隻烏鴉棲停在生鏽的避雷針上
夜，就這麼流了下來
（所有的臉，街燈下同時被打開）
一位從沒去過西西里的
西西里女郎。一生，都在回家的路上
在地圖的背面執意流浪，那折痛的左下角：
邊界驛站中，幾包抽起來很真的假菸
妳以發光的表情逐漸縮短黑暗的獨白
（一張臉，街燈外頓時被關上）
直到天明。躲在喧鬧的人群底大聲哭泣
也許在某個沒有雨季的城市，也許

一切就如同這麼解釋。
身披回憶的日子，從明天走來
如此單薄而又過長的嫁衣，當針織的微風
再度拭去某段刻意
不　那　麼　膚　淺　的　足　印
一如疑問依舊拔不出那枚深陷於夢土的
未爆彈──答案還在原地尋找掩蔽的時候
月光如沙，是我的撫摸
撫摸妳從來無法吻合的傷口
那打從骨子裡怒放
在雜草叢生的盆栽中
我們渴望學會的那種激情。
我們飛出那有五面牆的房間
由遠而近，野花似海
鯨吞了

三月。妳一生都在等待，那位從沒回來西西里的
西西里男孩。他適合長大。
世界末日前最後的禮拜天

無人教堂中，我倆以史前動物的方式
告解；隔著一道破碎的鏡子
認真地，幾乎導致

相愛。

一顆飄洋過海的種子

捧著溼漉漉的神旨上岸
當你翻開聖經中空白的那頁——
看見了耶穌基督如一朵蓮花般微笑。

從海上來的，你有雙堅硬的翅膀。
找塊最危險的蠻荒，面海，舉起手中的
十字架往黑暗掘入，直到土裡湧出
一座發光的房子。
（迷惑的我們將手中的弓箭放下
跟隨族長手牽手，圈圈唱起我們失傳已久的祖靈歌謠）

生根，就心甘不再飛翔了嗎？
以微笑典當了這雙屬於天堂的翅膀
你向明天換來嘲笑、眼淚還有
幾句彆腳的山地話。
（感謝主。）我在門外不安地張望
伸手接過你比手畫腳的

苦糖果，當你躲在門後
看我生氣地將它吐掉。
（感謝主。）將聽筒伏在每位阿美族人大理石般的胸膛
你細細傾聽彼此內心堅定的告解，久久
久久，當回程的月船划過臉龐
此刻我們才發現你的膚色
早已變得跟我們一樣。

點滴瓶圍成的女兒牆，風一吹
有時也會發出想家的聲音。
（你提醒自己，第三床五分鐘後可別忘了換）
一群地上生活的天使，在晾曬魚尾紋的廣場
靦腆地跟隨我們跳起流傳已久的曼波舞蹈
：兩臂交叉，來，向外平張……

我們緊緊握住你柔韌的手
與你身上那股原生種的，草香。

～謹以此詩獻給花蓮門諾醫院。

嘛：小小詩想

　　我們可不可以把詩歌當成一種溝通的工具？如果可以，那麼溝通的完整性或效率就會被拿出來討論了。一般來說詩的字數較少（與其他文體相比），理論上，應該是個有效率的文字溝通工具。但是我個人讀詩的速度卻較於讀報來得緩慢許多。

　　有人說是因為詩歌的凝鍊與其隱藏在文字下的深意，導致閱讀者在思想上受了「善意的」阻礙；也有人說，其實詩歌是其他文體的濃縮方式，所以轉換成閱讀狀態時那詩句就自然被延伸稀釋與放大了。這兩種說法都蠻能解釋為何閱讀字數與閱讀時間背道而馳的奇怪現象。

　　相信許多人在看詩時，想的是背後作者寫作的動機，當無法確知其動機時，基本也等於宣告他無法進入這樣的作品。為此我總深感可惜。

　　同時我越來越能體會當我把「言之有物」視為表達意義的時候，其實就已經離創作的本質越來越遠了。言之有物是一種以讀者為前提的設想寫作，

我並不排斥在寫作的過程中碰撞出答案來，只是那不該是一種創作期待或者成為溝通的手段。

人除了跟自己說話，相反其他的語言都沒有太多的價值了。當我們習於說出自己已知的東西，在形式上便流於一種說理，而在心態上甚至等同於炫耀了；反之，當一個人能夠說出自己所不懂的事情時，通過那捫心自問的過程，對我來說才叫做真正的分享。

平衡感

親愛的T
你說，如果我們一直就這樣
向下挖掘
頭頂的天空
會不會就這麼大一些？
還是，或許我們換個方式
練習縮寫
散漫的心事
能不能因此拘謹一點？
（合撐一把雨傘去描述晴天
我們反穿著剛買來的衛生衣
愛上不潔的感覺。）

我說，真理只是一個滲裂的茶杯。
你如此斟酌著自己
直到整座曠野淹滿
不退的幻覺。

一對白老鼠的表演：
在時鐘的內部
逆時針奔跑著

會不會親愛的T
這才是你要的完美。

搖滾的後抒情時刻

然而我們都曾抒情過
為了那頭長髮，胡亂學過幾年吉他

稚臉洋溢著冷色
擁擠房間，空氣像一塊鐵
你磁性的指尖
吸附在每根弦與時間的掙扎
此刻，每個毛細孔都導電著
玫瑰色的呼吸中，你多刺的嗓音呵
閃亮的汗水滴入溫暖的木質地板裡：
一根野生的藤蔓，初初纏繞著你我
自你額間，開出金屬製的花
像一隻貪玩的壁虎
我將青春的斷尾，一次一次
拉直，看它又蜷曲成音符的形狀
一隻黑貓順勢躍上你陡峭的音階
打量著地板

要有幾次驚險的翻滾才能抵達？
半長不短的髮尾
是那季尚未完稿的塗鴉：
啦啦啦音樂無國界，當我們羞澀的皮夾
開心得說不出話……

是的，當時我們都太年輕
冰果室中，半盤情人果
你抽菸的姿勢，牆壁上的黑狗兄
新鮮而又過時的享受
我們將青春期的那首歌
仔細填寫在空白的欄位上
只可惜，試卷中
始終沒有音樂這一科

後來，似乎就不太愛說話了
回憶像一張揉皺的紙
我記得一百種攤平的方式
當我們否定
九十九種的可能
而我終將遺忘叫那個名字的人

記得琴酒、大麻、兩個生鏽的
耳洞與一些坐車不繫安全帶的女子

沒錯，我記得自己不曾叫過他

對了，你認識做吉他的嗎？
如果我們堅信
還有那首歌

下午的第一堂實驗課

來自你呵欠的重量
痛苦緩慢地收口
搖搖欲墜的牛頓
垂看滿地
焦頭爛額的蘋果

一個詞的漏洞
大的可以將宇宙吞下
盛夏的教室
蟬聲咳了滿窗
我舔了一塊詩
走開
舌頭還黏在冰上

你邏輯性的點頭
呈霧狀離開

從來沒有一滴淚
在定律的眼中　流下

蒸餾而出的影子
生氣地揮趕著教室
燒杯還在
傻傻笑著

我所知道的美麗

當妳說：愛情是一把遲鈍的刀子
　　　　分手，需要練習

憂傷的顯學
當我們不再以空格寫詩。
妳賣掉我的旅行紀念品
我贖回妳發不出聲音的手風琴
花一些下午折點紙飛機給
給喜歡躲貓貓的當鳥群閃過
玻璃紙做的紙玻璃
妳需要一些貼切的造句：
像是被妳
養在皮箱中的深海魚
好好抓緊著過去。妳說
這樣每天，我們都可以死掉一點點……

無法吞嚥的三角習題
我開始片語
妳學會克漏字遊戲
無以為汝愛愛之非愛無以為卿之所愛者無以為
靠
剛切好的梨子容易氧化的秋天
是誰跳起那支沒有旋律的舞蹈
離譜前的眼睛
擦身時影子掙脫了我們
在繁忙的十字路口上緊緊擁抱在一起

每天，註定遺忘的一次相遇
推開那扇依照鑰匙打造的門
逐漸陸沉的城市，每扇門後
都有一位自行燃燒的人
用路邊撿來的壞樂器
吹奏那半首，最完美的歌

妳從隔壁寄給了我
妳正在逐漸遺忘的那一段：

不如沮喪再不然裝哭
好了只為那只無法認真的哈哈鏡

忘了

倒不如說沒有想法
在一個失物招領的童玩節
你的存在是如此微妙
以致於我忘記了
那件老掛在陽台上的雨衣

喜歡長島冰茶
雖然你並不理解海地
被動是好的
磁頭還是有點壞
我們刮傷了
看大家旋轉

半個煙圈，天井下那杯有陽光味道的水
你的口吻像一朵旋鬆百葉窗的花
要是
左手的歌詞中並沒有香氣

總有一個過去的人
在明天失守

你繼續
你繼續忘了我
曾經有那麼一個人
比悲傷神祕
比愛簡單

讀這封信

讀了我的你的信
所有的聲音在立場中顯得貓咪
你有一付愛弄髒自己的嗓子
我也可以舉手
愛現胳肢窩下的小喉結
約翰很好
其實誰在走路之前都沒有變壞
你說是不
是在那個草履蟲一起引體向上的春天裡
花明白　但鞦韆可能是祕密
關於煙火遙遠一雙眼睛的聽力
火的細胞在分裂裂
開的部份水與水摩擦著
一對不一樣小的手掌
含羞草的萬有引力
天堂裡每個人都姓簡名單
簡單說我有一個杏子叫作沉默

我和他都愛上一位叫做嚴肅的
女子。非常理解自己是多麼地不幸
成為不幸中唯一的幸運者
好不好把我們最後一個孩子嫁給她
除了同樣愛哭之外
我想不出有甚麼不能擦乾的原因
不如寫信
不如以詩寫信
不如以詩寫你不愛以詩寫的不信不如不
愛你
還有你勤練錯字的信

攝影術

像是單眼的生物
非數位且加裝了廣角鏡頭的
邊界燈塔私底下
也是個背影的狗仔隊
一首聲色的詩
　　你的我的她的
　　　　以高高的腳架
　　　　　　說出　不　這個字

而你有一隻無法伸直的食指
與生俱來的幸運數字
還有一隻無法閉上的眼睛
一度你以為
前世你是魚
今生如此適合側寫的那個字

但這些都不是鏡頭該做的事
而你也只是看
看那些移動的靜止／鏡子
一顆紅蘋果，牛頓般的死
看手中掉落的橘子
代謝了整座秋天的樣子

但這些都不是眼睛該做的事

像只沙漏只能在顛倒中做出正確的
解釋你也只能是那隻手
以擦去甚麼的姿勢揮別每一個完整動作

你很短的曝光　　　。

當我一路哼唱
——致阿鏡

聲音中的金色。在黑暗
已不那麼黑的時候
我選擇小聲，讓眼眶的流蘇
短短地流放。我愛

我愛你祝禱的神情
像一株耐冬，選擇活在歸線之上
一首倒嗓的歌
如此適合南迴與北迴著

在寒冬中煽情了。
你將北島、顧城、里爾克一起聚在火中燃燒
他們為你取暖，一股炊煙
也請你一併歸還給天空了。

我的朋友，現在你可以為我寫詩了嗎？
用我的昨天，的昨天那張
光滑到站不住文字的那張紙，我的朋友
你可以為我寫一首關於露珠的詩了麼？

我能理解你一直以揮發的方式活著
老式的香水，等待一種像瓶子的蜂
探索著你的哭聲，金色的百合
交媾，在彼此耳垂的兩側

當黎明，已不那麼黑暗的時候
有人發現我們的足跡
在我們從未播種的地方，十二月末
兩天前，當你一路哼唱……

神棍

錯覺

我曾經看過一個人
他走進一張反覆摺疊的紙張裡
那個人，慢慢地把每一盞窗關上，在風
大的夜裡；他升火只為點燃那些無法昇華的句子。

而他是如此渴望被書頁重新地削過
一如斬釘截鐵的日子中我那幾位失去無名指的詩友
都忽略過的環節：他在便利商店中鑽木取火；
當整行的冬天在行道樹下大聲地朗誦。

此刻並沒有象群從我的眼睛中取暖
一如過度張開的夜裡暗中總有焚燒過甚麼的
香味。當我決定擦掉自己，你知道的
這世界就開始撫摸著我

還是你曾經看過
一個人他終日抄襲一本失去厚度的詩；

那個人，匆匆地在每一扇門被打開前
便不再離去。

郵差

我曾經離開過這裡
找尋離開過這裡的東西
沿途理解口哨和小路的關係，此刻
他們是如此遠遠的想把彼此帶走。
一如我不能形容黑暗
在被清晨穿過之後產生的那種顏色
而我只是想要把一些疼痛塞進身體裡流浪
讓他們明白旅行的本意其實就只是為了讓自己能夠在每
個地方迷失
讓他們更容易去愛，並堅持被自己傷害。

ps.稍早之前我們已錯過了自己的死亡

相信我，別擦拭那些不能夠被形容的臉。
這樣我或許會告訴你們一些關於旅途上的事
或許讓你們知道我曾去過一個沒有盡頭的地方。
那裡的人有跟你們一樣的名字，在大太陽下

用力砍伐自己堅硬的影子

晚餐，他們也會圍著爐火跳舞

看彼此的影子在火中唱歌。

一首沒有起頭的歌，在火中，每個人都是彼此的孩子：

我曾經來過這裡

如今我已不再尋找留在這裡的東西。

也許趁黎明都還沉溺於郵筒的時候，是誰

呼喚四面八方的聲音向我走來。

百合

我把自己的聲音關在自己的身體裡
我也把別人的聲音關在自己的身體裡
像一個魔術師
我準備把自己切成兩半
精準地說，是我可以

我可以像誰說的那樣
走進誰的身體裡，拿走
一個他沒有感覺的部份
而他允許我這樣一直拿
這樣一直讓他對空虛產生感覺

其實我也只是對自己在說話
手術過程中，每個器官都在對自己的身體表演
其他

呢：千古大問
——誤讀所以發生之現代啟示錄

　　首先，我要先幫誤讀澄清一下，這個詞，是屬於讀者的。我會這樣刻意澄清其實因為該負責任的：居然是作者。

　　原因如下：習題一

1+4

=5

請試論以上習題的意義何在？

答案：毫無意義

習題二

5=2+3

請試論以上習題的意義何在？

答案：誤讀很美麗

　　各位同學，老師不是起酒瘋，也不是昨晚夢到電線杆；5這個數字很重要沒有他，誤讀就失去意義了。重點在於5的性感帶，5若是在等號後面，那

麼它就是個爹爹不疼奶奶不愛的大壞蛋，它讓整個社會變得很呆，我學妹在拉k時被她男友問過1+4這問題，她答道：善哉善哉。下場是免費得到一張需要再集八點的塔位兌換卷。

老師再次強調老師沒有很想騙你們，真的體位很重要。不信你把這個5給他放到最前面（傳教士狀態）馬上就會產生一種無比的力量。君不見黃河之水天上來，奔流到五不復返；或者軍中黑話說：不打勤、不打懶、專打555。客倌啊客倌（咦剛剛不是同學嗎）不知道你們有沒有同時發現5它可以等於1+4、8-3等等美輪美奐的塔羅牌，他揭示了文學的奧祕、智商之狹隘、充氣娃娃和宅男之間的一切萬有引力：讀者會因為5打開無限種變成劉德華的可能。跟我一起念這個口訣三遍：

讀者會因為5打開無限種變成劉德華的可能
讀者會因為5打開無限種變成劉德華的可能
讀者會因為5打開無限種變成劉德華的可能
（EHCO中）

讀者經過作者的舉例（也可以說是一種倒推答案的過程），去找到一個自己也能達到5的狀態

（或稱算式），這種過程，就是「再創造」，誤讀就是一種經過暗示而再創造的現象。而這個東西的始作俑者當然不是我們偉大的證人5，也不是一路裝可憐有機會就塞紅包的共犯劉德華，而是你！你這個主謀作者！你這個無所事是一天到晚就想健康檢查的幼稚園園長。

　　一口氣說到這，有同學問我：誤讀是一件好事嗎？我想誤讀在技術上是可以設計的。而設計當然是一件好事，它讓飛利浦可以發明光，您說這還不算偉大嗎？

　　時間又到了該去牙醫診所拔掉我的伯牙的時候。誤讀啊誤讀，你死得真5氣魄～以下開放民眾CALL-IN。

黑語錄
——致七號咖啡館

他從原始中流了出來
身上一直沒有下雨的味道

你知道嗎？湯匙有一種不屬於雨的堅決
我們喝著彼此的話語
直到發出一些閃亮的聲音
有人從新店門口走了進去
身上沾滿彩虹的腳印

而你黑黑的眼睛是某條小河的源頭
在七號超人的夢中
每一滴咖啡都可以飛
都可以在空中找到失散多年的紅色斗篷

那會是多麼漆黑的一個夢
直到香味滴漏出影子

影子注滿了杯子
——從我的苦中走過

活著

我看見冬天他躺在我挖好的湖上
他像一尊臥佛，用眼睛含住整座湖中的森林
湖面在他的注視中緩慢結痂
那些太深的疼痛聚集在湖的中央
成為佛的瞳孔

一路走來我散盡了不屬於我的東西
那些　其實是我該償還的
如今我只剩一把鐵鍬，一些
沿途中送不出去的時間
我把他們加起來
剛好是一個湖

你來的時候我正準備把鐵鍬拆掉去做幾把較利的小工具
深山中總有一些膽小的樹
我要把它們鋸下來
做我的房子　幾把桌椅

一張靠著湖的床讓它們得到安息
可是你提早來了

「我不是兩手空空而來
我提早來了」
這不是笑話
我可以感到你說這句話的重量
一些松果提早掉了
你對我的湖感到興奮
你說你回去以後也要學我
養幾隻鹿

那天我們聊得很晚

我的樂此不疲

昨晚我跟我的拉丁情人在一首歌裡：

想陪你拾荒
想陪你在鏡子裡找份稱頭的工作
你說你就要從左邊回來
你要給我一張異國的臨時工作證
證明我也有遙遠的本領

之前你一再不停要我
提醒那個愛
在凌晨去大賣場練習停車的業餘數學家
其實重複，並不會讓愛產生半徑
昨晚我在他擋風玻璃上
貼幾片OK繃
希望示範一些擺明的錯誤
有助於校正他跟離合器之間的關係

而信中你對於必須趴在假草皮上
來回修剪陽光的工作感到枯燥
用一再塗改的方式暗示我
好不好帶一場小雨來看你

只是洗臉盆裡還擱淺著一週以來忙到沒洗的臉
今晚拉丁情人坐在廚餘桶上
想起了他的AGOGO
那條多汁的蒼蠅公路
浮浮沉沉的異國輪胎兵工廠

你說你下份工作一定跟藍色有關
但是我只想陪著你吃無花果
想哼著你來不及教我的手語歌：
拉丁情人他沒有喉嚨
他的聲音被鞋帶綁住
成為手風琴的氣喘病了

唱到這裡他開始想家

今晚的閱讀

而昨晚的閱讀只是為了聽見
多年前樹的呻吟
我軀幹上今早結滿了小小的瓶子
每一種藥都在睡前暗戀自己的病
祈禱某天可以藉由我的身體
讓瓶子懷孕

此刻我處於另一個失真的狀態
我聽見聽診器在說謊
一個空無一人的身體
病是滾動在空巷中的空瓶子
我咬了自己一口，剩下的
我交給自己的身體

我和誰便這樣坐在夢的出口等著
我們分別從那裡走來
我肋骨左上算來第三個抽屜中

塞滿那些白天對應不到症狀
只好在夜間受潮的火藥
風把抽屜輕輕闔上
朝自己的心事開始咳嗽

陣痛的時候我剛好睡著了
你質疑夢在打獵
身體在走火，並且說動了瓶子
而遠方的呻吟只是有人聽見
今晚的閱讀

畫／你的樣子

我想我已經畫不出你的樣子了

就像小時候不敢走進去的房間裡
你透過鑰匙孔看見的——
一棵生長在局部的樹
病奄奄的仰在半空
朝天花板吐出身體裡面無法消化的光

鎖是房間的腫瘤

只要活著一天
每個房間都是有病的
每把鑰匙都是無可救藥的醫生
在沒有病人上門的日子裡
他們取出自己的骨髓
選擇那些容易輕生的鎖
嘗試比對

一棵長得跟你很像的樹
從它背後看起來
你就幾乎是一個真正的政客

（那棵樹絲毫沒有察覺到自己已經死去）
它作用著這間屋子
跟你短暫的外交關係

你帶來的那串醫生
草率中組成的響叮噹義診團
無可救藥的醫生終於遇到無可奈何的病
一間窩藏人質的病房鬆開皮帶
向你們炫耀了他的漏洞——
時間的腫瘤

我想我已經畫不出你跟他們不同的樣子了

我轉動門時房間也跟著門在轉動
天花板上的光變成地板上的積水便再也回不去了
此刻屋裡的天空是一片沿著門框往下滴落的黑暗
畫從鎖頭伸出筆來
沾走我的眼睛

我只是對答案不感興趣

難過的是
這世界上從來沒有錯誤的事
關於錯誤本身
我們只是沒有找到正確的說法
那些因為害怕你不相信我所說的
實話。它讓一顆橘子在他自己的想像裡變成橘色

而還是眼睛長出來了
他不是最對稱的部份但是他
也不是第一個承認的

紅色。痛苦一直是適合被讀解成顏色的
而選擇紅色並不是將要我心中還有綠的存在
　　　　　　　只是舌苔
還是長出來了

小河。為了愛上你
我正在失去自己的
形狀。而海並不是誰的遠方
他只是已經失去形狀的一條河

輪到風的身體在惡化
他遲遲無法推動年底的那場政變
在承認與小河之間
在橘子與綠的

答案。
長出來了

你的夢像死海鬆弛了
──致米米

這樣。睡眠就不再是床的情人節，寂寞
像列車正在出軌──壓倒那排散場的電線杆時
床單在A片中被你的八倍速快轉弄髒
米米。如果我在這裡放下你：
你的夢，就不再是彌敦道的風紀扣了嗎？

坐在碼頭上給你寫信。
最後一艘開往苦海的船剛走，在最傷心的時候
米米，如果這個世界正從杯裡降落，日子驟升到
嘴唇的高度。混濁吸管中有沒有你想對明天
吞下的旗語；最單純的

謊言在一個手電筒裡被光稀釋。放大。
之後脫落。成為老人公園棋盤上的楚河；
洋洋灑灑的米米，如果我在這裡遇見你

你會不會送給我一隻廟街飛舞的斷手
還是四十幾年來忍辱偷生下的手工詩集。

你躺在FB中不發一語，這樣，寂寞
就不只是值得讚美的老鼠。滑頭的貓聞聞
掉在你掌心的耳屎；我順著你的字跡看過去
一排好友在你的下一首詩中淤積；懷念
你的夢像死海鬆弛了：米米。

Everybody Hurts　寫給日本核災

我的歌，就一直停在這首上方
一朵飄在積水上的雲
它渴望哭泣

只是所有的血都被沖走了
你們身上的洞
為甚麼還不闔眼呢

老人蹲在浮木上
他的影子在打撈
他拉不直的家

有人告訴我遠方在爆炸
我聽到火光
卻看不見聲音

日子，遠在千里之外
螢幕總在關掉後無名的長出屍斑
我那隻漂在黑色鍵盤上的手
它漸漸沉了下去

繼續吐露你的消息

一邊旅行
另一邊塗滿奶油色的腳印
如果這時候他們還沒有生出邊緣來
辭典裡也還沒有「對齊」這個說法
更別說吻
這個唸起來就像剛扣好扣子的
克漏字

舉手投足的花
借宿在我兩頰上打聽你的漢子
晚上月亮試著打開冰箱
把裝滿蜂蜜的瓶子顛倒過來
放出了蜜蜂

就像半夜才陸續抵達的鬼
從忘記關掉的電視裡浮上來
他們試著從很深的地方來看我

試著不驚醒我
嚇跑那些正好死去的夢

背對著
旅途中窗外一直跟蹤我的那棵樹
我很難形容它從哪片葉子開始知道
只隱約記得
聲音是朝向三點
垂直的

夜奔
——給弟弟聶豪

你提著一盞霧燈，
三月過半遠天懸著硬朗的雲；
途經寒山寺，還是沒有鐘聲。
銜枚的弦月細細割傷你，此刻你正在過夜
李白在紙上寫下：
真正的愛，是深邃而不可取的。

雙腳替代了路，路替代了你氣喘的三月，風如牛群
將景色重重頂在自己頭上，朝我衝來。
走一步是一步的好水好山，三聲梆子走進
寒寺中誰折了折屋角，拉來遮住我的眉宇
眼看月色如雨。
去年沉默的傷口如今流出了鐵的味道，
我想我能夠明白意志並不是我靈魂裡的鐵，
他是可以把鐵擠出身子的那個力量：

有沒有一個人的緩慢
可以讓這個三月因此而不快。

不如你看
看一隻飛舞夜空中找火的蛾，看一個熄滅的人
在路燈下仰頭，你看見我們看不見的世界；
那是一個你想向他說句話，他就要消失不見的

夢中質數

質數：一群不能自己的人
他們在領養這個世界之前
就已經是彼此的孤兒了
在聲音與聲音之間生存著
沉默著，像水的關節
沿海的租界活動

質數的世界裡沒有愛情
這類可以被整除的習慣
他們傳說
當一棵樹模仿起另一棵樹，某天
他們就會突變成樹叢
並且不再認識彼此

1+1=2
在質數的驅魔儀式裡
是最早的一個咒語

質數暗戀過這個叫做2的女子
在獨角獸眼裡走過
這水深及腰的女子
在自己倒影裡
開了一間國標舞教室

以一整朵花的宣洩
我都在算式裡來回探望邏輯的痛腳
在你的猜想中變得孤僻
變得敢
以一整座春天的孤兒院
去愛一個一直孤獨的數字

如果沒有你／如果沒有你

狐說

愛看天空的孩子
你的前世是一條小河
今晚我沿著你彎彎的一生走
一隻帶傷的狐狸在對岸
露出牠尚未成仙的樣子
隔著你我對牠試著告白
那是一顆顆純白的小石頭
在我們眼睛裡被攔腰帶走

我到底對這個世界說過甚麼
讓一條流域選擇將自己涉入一個孩子的眼裡
之前他仰頭看著天空
渾然不覺整個世界
已經測出他水袖的深度
流言蠢蠢
　　　欲動著葉面，一群字在搬弄
　　　一個流線中的句子

親愛的狐，如果你還在彼岸等我

就像我正在等待一條河的衰弱

露出它鋪滿齲齒的床

我們並不急著躺下

如果三月意味著朗讀

孩子服下了海洋

五百年前我們把自己錯過

讓天空等他

蟲洞

我常常聽到一些聲音

一些我不敢說出去的聲音

一些我一旦說出去

就會實現的聲音

請原諒我不能例如

我也不該假設一盞燈

在屋裡被折磨到死的樣子

當你輕輕的吹

我看見自己的身體亮了起來

漸漸燒出了我的輪廓

時針指認出了我

試著叫出我的名字當你輕輕的

擦乾我

就像擦乾雨中的樂器

然而聲音還是沒有離開我的身體

它只是從我耳朵

走進更深的地方
那個我跟你說了你也聽不到的地方
但這次你並沒有再問我
你只是斜斜地靠在自己身上
像一個從我身體裡逃出來極度疲弱的影子
朝我逃走的地方說了些我看不見的話

其實我並不想看見
那些我看不見的聲音
因為我明白它們在這個聽不到的地方
是多麼想用沉默來傷害彼此
相信我，沉默並不是安靜的
他是射進我身體裡吶喊的箭
而你不想聽見

現在它屬於我了
你們知道我在說謊到最後
你們也都希望我說謊吧
現在它屬於我了
相信我就像相信你曾說過的謊話
我就是謊言的本身我就是每天最後幫你關上房門的光
現在它屬於我了

你將不再感到害怕現在你將把自己
當做那個你出生與死亡都必然同時發出的聲音
現在你可以屬於它了

阿門

末日手記

倒數第三天
行經一座曾被星星擊中的城市
拾到你署名要給我的信
在信中你告訴我自己還活著
希望我不要試著找尋你
不要對著月光下的亂葬崗詢問你的消息
你知道死者總是能聽見
光的細節，他們爬過瞳孔的聲音
用他們蜘蛛色的襪子
站在你靈魂的積水裡

入夜後的報紙把城市擦得乾乾淨淨
一早所有的人在鏡子裡醒來
在這個地方他們堅持過著不再相反
卻易碎的生活
就像星星，那黑夜的紋身

今晚我將自己對齊
塞進回郵信封中
在末日倒數第三天
等待著被誰拾起
而來不及寄出

倒數第二天，晨，多雨
更多的雨，下在同一只眼睛裡
積水一般的人們
濺濕了自己的內側

我抬頭，看見了天空的下體
飽滿而又彎曲，他愛上了
另一個星球，且不斷加速度靠近

後來就是暴雨，不停的
打在雨的身體上
直到誰也分不清楚
誰是誰的情人
我正在放下聯外的吊橋
我們周圍擠滿了逃難至此的野生動物

它們都相信這個曾經被星星擊中的城市：
一生，僅僅只能死去一次

在末日倒數第二天
天空崩缺
我在裂縫中，似乎看到
另一個世界

末日。晴朗
你從明天回來
手中拿著一封信說要親自交給我
不急著現在看，你說
離末日還有幾個小時
要不要我們一起許幾個
不想實現的願望

第一次我看見你哭了
我們像昆蟲一樣的作愛
並且草草了事
躺在屋頂上指著遠方的地平線
被閃電連根拔起

銀河流過我們的身體
帶走了我們的性別
你為我祈禱
能夠像一個句子簡短的死
或者學習一首詩那樣
勇敢的活下來

在這一瞬間，我相信這個世界
看見了自己的一生

有鹿

說話。
他們嚼長在森林邊緣的葉子
在沒有葉子的時候
他們喝水，也喝水面的倒影

鹿出沒在鹿的身上
聲音沙啞他們說話
說一些剛長出來就掉下來的話
他們喝水他們喝水

風在你的顏色裡靜坐
迷宮是樹的隱喻
直到沒有人想要說
今早有路

青蛙還有狗如果減掉海

他不知道這樣的算式可以發明原子彈
他之前寫了關於壞人的幾則驗算
直到發現，天空是錯的
他其實不想傷害這個世界
抬頭看著自己的影子
被一隻鳥叼走飛入了塔的眼睛裡
那是一個愛說謊的眼睛
他其實不想回答這個原地打轉的世界
那個沒有盡頭的問題
例如：為甚麼有人想要用一只籠子
把天空鎖上？又或者裡頭有人
成天把自己想像成一隻鳥
卻不敢不敢不敢的
往自己的眼睛裡跳
青蛙、狗、加上一點點的海
他們彼此不認識
卻都聽過一個關於塔的故事：

塔裡有人。人有籠子。籠裡有
光：噗通噗通的叫

我想我可以

以原諒一個人的眼睛
去愛上那個人
即便跟你說了所有
關於石頭的故事
昨晚月亮上
還是下起一場雨

你知道我正在暗示
我可以
為你造一條鐵路
嗚嗚穿過內陸的湖泊
日子一再枯萎
我聽見那些藏匿過魚卵的石頭
在你背影裡裂開

那個人的眼睛
此時正望著月亮

望著月亮裡
那掩人耳目的雨勢
一整晚月亮在我們眼裡
又圓又缺

此時我正在火車上
穿過你的屋子
燃燒中的屋子
時間是田裡的稻草人
靜靜看著被一滴水困住的我們
駛進了遠方的雨中

若有所霧

一切都從一本放在廣場中央的書開始
你打開，你不想讓別人看到你
死後的名字。你與別人分享你偷來的故事
你對於分享這個詞、最近才剛剛認識的魔術師
陽光走過他想要消失的地方
現在你側躺在廣場中央，感覺有人侵蝕你
像昨晚淨身時看見我的小河

你也看見了我
拿著書的另一隻手，那是一本你的下集
你感到被一再地探望那是一個完好的下午
我們從各自的身體裡睡進了一個很緊的夢中
醒來後我試著看見你在書中如此寫到：
「我知道你會把我放在廣場中央，
以一個刨得極薄的夜晚；
我的皮膚在字面上緩慢捲曲
發出雨打在霧上的聲音。

是的，在霧中我們說過的話
隨時都會下起雨來。
河中的女人將我放在廣場的中央，
引來人群踩熄她眼角的餘光，光裡的字。」

第三章：黑暗給了我一張有深度的臉。
他輕輕開始唸你他輕輕
不覺得自己是一個獨臂的小偷了
他只是跟小偷廝混過一陣子的
一隻屢屢失竊的手。一隻被完好的
身體擠出來的手。如果此時他的聲音
在你傾斜的表情上遲遲掉不下來
像每晚河中淨身後越來越透明的我──
那本書在書中越來越潮濕
像是有人用力摀住一個很深的傷口
廣場上有人撐傘，有人看著天空
漸漸在我們之間泛開

自言不語

我們都是夢的標本
固定在一張沒有邊緣的白紙上

從風變成海鷗
藍色喝光自己的杯子

一滴淚水沿著你
找到了眼眶裡的粗鹽

在窗上呵一口氣
房間就會開始啟程

所以你沿著一滴血
找到我的歌德

當海鷗發出家鴿的叫聲
一張紙困住了誰的遠方

我們是寂寞的
不等於寂寞也是我們的

叭：詩人的房間

　　詩人有兩個房間，一個窗明几淨，另個從不打掃；亮的那些通往客廳，亂的那間則面向廚房。他會邀請朋友來他的家裡，如果時間允許，他不介意同時帶人們參觀他的兩個房間。

　　我知道詩人還有一間地下室，其實他不是迴避讓人知道這個地方。只是他剛搬到這裡的時候，上個屋主並沒有將鑰匙留下。而這個小鎮也在一場竊案中失去了鎖匠。

　　聽說詩人總習慣在睡前檢查一下那間地下室。他輕輕轉動著門把，那小心翼翼的姿態，就像是門馬上要被打開了那樣。

我看過你笑起來的樣子

站在去年隨你離去的方向
等你擊掌而來
等你用食指把我畫成
明早的山路
那是白色的語言
我聽見你在黑夜裡如此朗誦

突然一陣毛毛雨
讓風忘了打傘
匆忙的市聲在大樹下流轉
我們尾隨春雷的邊緣緩緩散開
眼看著五月
一隻花貓從兩個季節之間
閃過了天邊

如果這就是告白
姍姍來遲的我們並不知道

春天總在夏天來的時候
用同一場雪
稱呼彼此

直到有人說我們都是山的孩子
在那條把遠方帶走的路上
生命是一段向明天飄落的旅程
你回頭
有我們堅持的盛開

辭典

那本書正襟危坐
對於每一對新人總施以理解的眼神
這次也不例外，看著兩個說好要在一起的字
站在他面前完成
各自的第一百次終身大事
（你對場外觀禮的人示意）
麻煩闔上我。你說
你們可以接吻了
一本書就這樣開始
感到虛胖

他們分手的時候你總不在場
那時你正在趕往另一場婚禮的路上
第159頁
新娘還是同樣的她
她對自己的善變感到苦惱
她想趁空檔對你告解（有人提醒你這是你另一個責任）

麻煩攤開我。她說
請小聲地幫我唸出對方的罪狀
男方還沒到，時間也還沒到
第160頁
那感覺就像倒數回第一顆水滴時
有人說出了雨
你想要收集她
而她卻來不及分開自己

走音

——在尚未發生的錯誤之中
總有那個註定要相遇的人

如果說天空是鳥的廢墟
飛翔也就不免成為天空的手語
在兩個孿生的詞語間擺盪
意思便傾向中間靜止

大街上站滿因為迷路
所以不得不沉思的樹
甚麼時候黎明不再是風的短袖
他們曾經溫暖過河的兩側
而失眠的煙囪早就知道
一個城市是一朵睡蓮
在咳嗽藥水中瘋長有人聽

見我像枚圖釘
活在這世界磨平的鞋底上
也有人以為我將走進雨中
倘若你還不知道我
是穿入了雨和雨之間

一聲猶未被賦予成意思的字
我從那首詩中上了船
說好趕在起霧之前
等你走音而來
告訴自己離開只是一朵蝴蝶蘭
恰好開在樂上

當明天以懷念的樣子轉身
沉默　四面臨海
此刻我願像星星一樣睡去
相信夢中那隻候鳥一如往常地飛
直到讓天空折進它寬容的胸口裡

意有所指

甚麼時候我的意思
長出了手指
第一次她可以指鹿
為鹿了

就數到十
她還不想成為哺乳動物
不想把海的眼睛張開
儘管新刺的耳洞
已經可以分泌出乳汁

喜歡妳在早晨食言的樣子
像一隻習慣捲舌的鹿
為了和好

我嚐了嚐妳的指頭妳
踮起腳尖

輕輕讓這個動作

沒有別的意思

閃閃

閃閃來的時候小河還不會說話
閃閃第一次看見小河第一次
閃閃哭了
他的眼淚滴進河裡馬上就變成了小魚

閃閃也喜歡自己的左手
他常常會寫些讓閃閃看不懂的句子
直到某天閃閃問左手：這是詩嗎
左手沒有說話
他把筆交給右手後
自己就靜靜長出了小拇指

第二次閃閃哭了
因為這次他終於知道
自己第一次哭的原因

對了我差點忘記說
自己曾經見過閃閃一面

閃閃離開的時候沒有告訴任何人
甚至是當初的那條小河
從白天到夜晚
小河還是不太會說話
只有在一個人的時候
會偶爾抬頭看著天空
閃閃發亮

玫瑰

第一次看見自己長出了刺
也是第一次
我忍住了
傷人的衝動

玫瑰是從玫瑰這個字
演化而來的
玫瑰不相信神
因為它知道
自己是神所發明的最後一個字

今早你悄悄對我說
昨晚夢中你以落葉的姿勢
飛進我的身體
這才發現
裡頭全都是蝴蝶

玫瑰是群居的生物
它們遷徙的時候
年老的玫瑰
總刻意走在隊伍後頭
把自己當作星星的獵物

為了守住這個祕密
玫瑰開始向內生長
而你早就猜到
每朵玫瑰
都有相同的深處

三伏貼

在伏滿落葉的水池中游泳
用手撥開一些夏天多餘的影子
池底映出你尚未完全進化的身體
暑假前的最後一堂課
看見操場上陽光把樹蔭一堆堆掃起
重疊，又被風給吹散

是啊，徒勞
徒勞的白色的下午白色的講義還有
不停要溢出來的簡訊的光
那些斷裂的地方你所看見的白
白色散發出來的苦味
你舉起手來示意想小便
沒有人看見你
放下了手腕上白色的引線

池子很深，你的腳在找尋池底的途中
長出了氣根，當一切無非是困境
也就沒有需要寬容的勇氣
從池子較涼的那頭緩緩起身
頭髮上有一些微乾的落葉
幾乎就要望聞問切
你暫離的座位已然結痂

聽說妳住在黑眼圈

那裏有沒有看起來色色的光線
一群人坐在搖晃的窗台上
哼情歌
手裡不停往大海中打結

這是捕魚的日子
觀光客早已離開這裡
留下了他們的寵物、照相機背帶
或者一些看起來沒有寫過甚麼的紙屑

妳並沒有錯
在妳說我來錯了之前
我正走出妳的房間
蹲在雪地裡
用幾張落葉
點煙

天空特別低
租來的陽傘正在破裂

妳帶我在附近走了幾圈
回到家的時候海水已經
爬到了餐桌上面
我們把彼此綁起來默默地進食
期間妳只有提醒我一次
別把不喜歡吃的東西
放回海的裡面

：「知道嗎別放回海的裡面
離開的時候請忍住再見
除非　你真的願意
離自己越來越遠。」

被動

時間不夠了
我們站在各自的窗口
被同一陣雨溢出

這個城市還能被人遺忘多久
死去的鳥在天空飛翔著
我把門牌摘下
讓走過的路
成為一場默數

像與一首美好的詩
爭執過的白紙
醒來後
把身上的字都讀成花園了

（有人站在屋簷下
偷聽著天空的祕密）

如果時間不夠了
如果那頂帽子被你看穿的
在電話那頭
流出了彩虹

鬼

他嘆了口氣
眉毛就結了一層冰
他一手讀詩另一隻手
習慣放在水盆裡
看他冒煙　看他學你
每天早晨想要暖和的樣子

你伸伸懶腰
一天就變壞了
太陽下山後就該趕路
你要去找個喝醉的人抬槓　你想幫他
豎起路邊的那排樹
可惜你又不認識樹的名字

鬼喜歡躲進人的肉裡
他重聽所以他愛
重複聽一些從水裡取出來的聲音

他如是把雙手伸進你的身體
仔細淘洗
那浸過一天的白米
你感覺你又在作夢了
作一個將皮球不斷壓進水裡的夢
你手心濕潤
讓他來舔

鬼把自己看得很淡
幾乎就要沒有了影子
他走在沒有人的路上
有時候
也會要你讓一讓

樹洞

拿鑰匙在你身上刻畫另一把鎖
每天替你澆水
要你長大
要你長大以後只陪我說話
也許是因為發炎
也許是每天朝你深呼吸
你的傷口漸漸靈活
終於長出了一個洞
一個可以心疼的洞
我高興極
我要為你籌劃婚禮
為你早出晚歸
為你生小孩
不要你照顧

男人是兔子
他們的三個洞

都不在自己身體裡
我們要愛他們
但是不要學他們喝水和
說話
他們身體沒有洞

你教我說話的方法
對自己要像對別人那樣地說話
對別人
就甚麼都別講
給他一朵花
走開
要他細細去想

想起那天
有個人把鑰匙吞進肚子後
天天喝適量的水
偶爾運動
維持做一棵樹該有的模樣

聽見水開

這不是說故事的季節
我們打傘經過矮小的屋子
人們在屋裡燒水
在窗戶上寫字

那時雨還小
還不敢從傘上跳下來
你問我想到了甚麼
甚麼東西在還沒有傾倒之前
就長出了左邊
時間浮現
一條骯髒的長裙
影子拖過這下雨的巷子
矮小的屋子外頭的我們
氣若游絲

人們在屋裡燒著雨水
一勺一勺收集著雲
那個做槳的人就要回來
你聽見身後有人灑豆
落在地上
就像在找多年前經過這裡的一條河
還有河的兩岸
最茂盛
也最短暫的一次花

舌苔

走進地下室的氣味
打開燈的氣味
嚐起來像是霧面的
黑暗中有人在做晚餐
他割傷了自己的手

外加一條魚
魚看見自己的內臟
裡頭有個男孩
把自己流血的部分拋出甲板
他按部就班
他再度割傷

想起自己去過許多國家
只有一個國家讓他得到了天花
躺在面海的旅館
他的夢正在地下室中

準備晚餐
他無法靠近
深怕傳染給它
一道失傳的料理

氣味在關燈
氣味游出了地下室
生活像一排生鏽的魚鉤
他垂在情人漏電的身體裡
直到用完晚餐
誰都還來不及喊救命

吐司

不要相信那些沒有口袋的人
不要相信那些在冰箱裡打鼾的聲音
不要相信左手
尤其當他們在寫字的時候
不要唸看不懂的句子
也不要唸那些已經把你看穿的詩
不要在夢裡說謊
即使你很不想醒來
起床的時候要先餵魚
也不要問我沒有養魚的該怎麼辦
如果這就是生活
你正在搭車上班的途中
不要學鄰座的人假寐
也不要害羞於發呆原來
你一直是個學生
不要在秋天縫口袋
要相信那些欺騙過你的

只是不懂得愛
可以的話
別相信那些可以切邊的事物
還有早晨
尤其當它經過夜晚的時候

咪：自畫像

　　我想詩人是極度實事求是的，甚至懷有現實的傾向。

　　他們有一種能力，能夠知道事物的燃點，同時也不斷的在尋找未知事物的燃點，而寫作就是一場點燃。

　　像根蠟燭，詩人知道文字是燭身，與火無關。

　　然而火是沒有一定形體的，所以能將文字解開，解開文字後的火，是詩，至於解開之前，他只是凝固的煙。

　　當然詩人也有浪漫，那動作就像他已經點燃了森林，自己還不走開。

　　也有人模仿他，也確實點燃，這些奇蹟，詩人慎重而不談。

　　詩人羅智成說過在3出現之前,這個世界只有1和2；詩人知道不能夠成為3，所以他把自己加起來。

　　他渴望超越事物的衝動，讓他不斷被己身所超越，他遠遠落後。

他只好像一個窩藏騎樓的縱火犯。

　　唯有他知道自己是極度幼稚的，甚至懷有種子的傾向。

一棵剛好站在秋天裡的樹

我想領養你
就像秋天領養了一堆葉子
沒有甚麼可以報答彼此
我們在樹下野餐
交換你帶來的信物
那是幾枚碰碰車的代幣、半截牛角梳
還有一把失去年輪的手槍

我在樹下焚燒那些葉子
讓火在你的眼睛裡
拾荒

我想領養你
就像葉子領養了一棵樹
沒有甚麼值得我們趕路
在地上紛紛睡去

看一陣風
把我們又帶回了樹梢

水母和愛玉

你們和好吧
用一滴海水和一滴眼淚
交換彼此的隨身聽
你們以對方的眼睛

說
不看了
這個世界那麼透明
只是我被夜晚愛過
你還願意
相信我是乾淨的嗎

願意相信
坐下　禮貌和鹽
我完成了三件屬於早晨的事情
用它去市場上換一壺酒
剩下的錢

就拿來買
應該剩下的東西

時間為了我們在倒流
我們為了時間在縮小
可不可以不要被追上
好害怕消失
這樣你就再也不能
看見我說謊了

和好吧
我們和好吧

塔莉莉人

每天
都有一隻鳥在我的窗台上死去
窗戶殘留他撞擊的疑點
像一隻睫毛凌亂的眼睛

打開窗戶
我把它的靈魂放進來
而它喜歡總靠近我聲音的縫隙
就像一隻蝴蝶
飛進了捕蚊燈裡

其實每天
我都要打開我所有的窗戶
去收拾那些鳥的屍體
將它們的翅膀剪下

拿去後院燒掉
剩下的軀體經過晒乾研磨
當做彩繪教堂的顏料

今早有人在每扇窗前
都放了一張白色的椅子
我坐在椅子上才發現
世界原來只是一具十字架
一隻鳥就這樣掉了下來
要我平視
你片面的死去
而這不是一件簡單的事

以更簡單的方式說
其實我需要的是一間沒有窗戶的屋子
為了興建那個屋子
我必須站在這裡看著它
我必須仔細觀察它扛起十字架的樣子
即便這終將引來你的行刺
我知道

一旦我走入
我就只是一個沒有祕密的人
一個塔莉莉人

我們都是被原諒出來的

而我總是能體會某些感動
就像無人的海邊
逆時針旋轉著光的燈塔
我曾經愛過一些人
他們離開我後都搬去了海邊
每當這個時候我總能夠體會
他為甚麼堅持在烤好的食物上
噴點水
就算我從來就不了解

你離開我的原因
一度是擁擠的海邊
尾隨在哨聲後
那長得像失蹤寵物的浪頭
夜晚靜脈曲張
愛在濃密的小腿下
蠢蠢欲動

迫降在院子裡的幽浮
在夢裡留下的大洞
樓上漏了一整晚的水
早晨我在外海醒來
像浩瀚的一片浮油
而你終使我相信了愛
原來是掉色的海鷗

小雨

小雨又一次在早晨遇見了露珠
記得上一次自己居然
緊張得說不出話來

小雨把天空打開
我感覺時間過得很快
他們不斷對話
觸角緩慢
直到談話結束
露珠卻一直沒有察覺
陽光剛剛才穿過了他們

小雨也發現了這件事
他明白露珠其實沒有心
只是他不能說
至少他不能
用露珠聽得懂的方式說

小雨不懂得如何停止傷心
他只能把小朋友趕跑
一個人到公園裡去玩
他坐坐翹翹板
他摸摸鞦韆
他無法忘記自己不是眼淚做的
他停不下來

心想下次遇到露珠時
如果早晨剛好不在
自己應該把牙齒含在嘴裡
還是吐出來
走在午後的柏油路上
他腳底好燙

開到荼靡
——給老羅

我想我需要
邀請你參加我的婚禮
在一個適合哭泣的日子裡
我需要你為我寫一首
最無聊的詩
我要你為我假笑
在那個沒有酒窩的男人的懷裡
如果你將對他提起
明天早晨要參加
一隻鬼的成人禮
別一朵蝸牛在耳邊
我要聽見
你穿過第三顆露珠的聲音
我要用我最後一口氣
為你吹一個皺掉的汽球
死掉的小孩

如果你終將為我隆起
那時請離開
到最遠的地方
去愛上那個最壞的人
傻傻告訴他
他等的一直是你
如果他也願意
就別回來
直到我需要在那沒有花開的日子
邀請你
來參加我的葬禮

瞳孔

夜晚是一道裂縫

你牽著一個骯髒的小孩

側身走了進去

我站在外頭

緊緊盯著那條縫

直到時間長出了牆面

看見多年前我的母親和多年前的我

從牆上經過

那個小孩同時發現了我

他停下腳步來緊緊盯住看著夜晚的我

伸出他的指頭

在我身上

畫下一道裂縫

母親表情突然顯得很痛苦

他彎下腰來按住自己的背影

她看不見我

她用眼神向小孩示意

小孩收回自己的指頭
熟悉地躺進母親的背影裡
我感覺自己一點一點的在哭
一點一點的在走開
除了裂縫
母親只是看不見我
她閉上了眼睛
開始想像
明天
馬上就要亮了

離騷

葬禮不等於喪禮
你知道
你不想講
夢裡討論過的話
　　去過的地方
一雙腳醒來後
在被單上留下的血跡

你在斑斑
你想問
時間在人群中被認出之前
去過了哪些地方
椅子在雨中
脫下了借來的外套
看一群噩夢手持野花
要我躺下

只是我還沒有走
我還不會照顧自己
在另一個世界
找到一份園丁的工作
在綠油油的草地上
種出綠油油的光

那些字典裡找不到的隱喻嗎
我能領略
有些聲音就像蒲公英
意思到了
就會懂得分開
然後飄

飄出時間的懷抱
讓死者開始感傷
你知道
只是你不想講
即使那些眼淚也欣然流向
它們該去的地方

下次我在你夢裡不說話

你便不會在海上醒來
發覺自己長出了布鬚
還有長帆
如果還有下次
我會在你的腳踝上打個結
另一端拴顆糖
讓螞蟻把你拖進牠們的巢穴
吃完床角做成的晚餐
接著說出你呈現乳狀的身世

你是夢所生下的小孩
在夢裡你不會記得白天愛過的人
如果他們在自己的夢中無法做愛
你必須記得你從夢裡拿走的東西
它們通常都顯得有些海邊
如果有人反覆問你像清晨遺失了一張區間車票
你必須承擔

帶他去那間人煙罕至的電影院
坐在最後一排
你請他撫摸椅墊底下那排用小刀刻出來的字
而他也願意彎下來給予你一個正好敲昏的姿勢
這一次你便不會與他在夢裡錯過
發覺自己其實不喜歡對方的瀏海
自己的眼袋

很好的水果

我想要做一個對你很好的水果
放在桌上散發香氣
同時提供你綠意
靜靜聽你說一些重複的事
直到它們形成了祕密

陪你去遠方
轉三班車
參加鄰國的遊行

我有一顆水果必要的堅持
一點點皮

相信我只是一個對你很好的水果
生病的時候懂得腐爛
想你的時候
從頭到腳都可以吃

像我這樣的河流

我記得每一種死結的打法
也記得每一顆石頭小的時候
我走過橋下
聽見橋上有人說想寫詩給我
他說
像我這樣的河流

像我這樣渴望風乾的河流
也會想你牽著我的手
帶我去你家門口
潮濕的台階上
燈火酩酊

一個人投入了我的身體
我可以感覺他強烈的雙腿
踢中了我的心
寂寞是如此善於泳技

我緊緊擁抱著他
不想還手

你奔跑的聲音
像個獵人在雨的背後
我慶幸自己還記得
有一種結
穿過兩眼之間最細的部份
在它尚未拉緊以前
明天應該是朵美麗的渦漩

你說像我這樣的河流
就註定嫁給一位難聽的歌手
跟著他走
看春天在你們臉上
一起被刮花

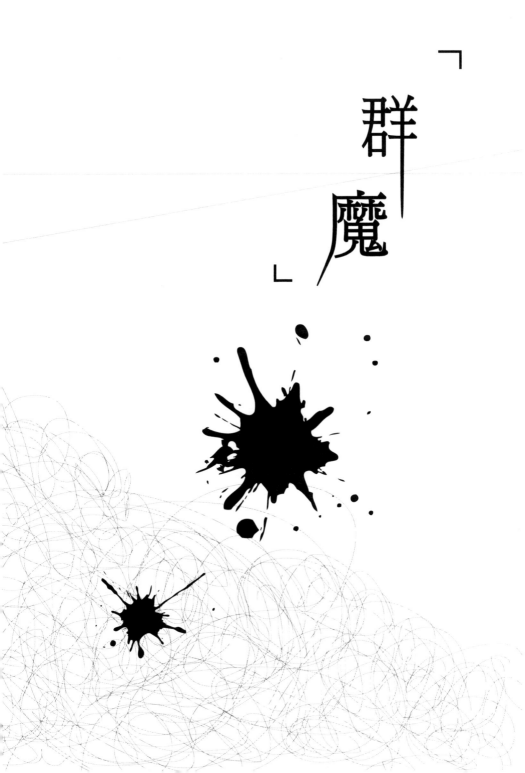

群魔

法式晚餐

（一）1973　波爾多紅酒

在你的口腔中蜿蜒
是那年巴黎的一條小河

此時暮秋燃燒兩岸
　　我在火裡撿拾你的腳步
徐徐放入口中
咀嚼著異國滋味——
一種初春的口感
　　在河上寫著妳的名字

是的　一如我從不曾對妳說
一九七三
那年　我打堤邊走過

（二）烤田螺

遲遲未能決定
要從哪一枚心事下手
月色的洞穴中
窩藏著安靜的小獸

閉上眼：

大風吹
吹世上最寂寞的

（三）法式煎鴨肝佐陳年酒醋醬汁

我倆就這麼側在
結冰的湖上
以滾燙的身軀
對抗一世界之寒冬
妳我的眼神
是春天的墓場
是牧羊人綁在白樺樹上的輓歌

以深邃的吻合
等待一宇宙之降落
我倆就這麼側在
彼此的輪廓中

當億萬年前的星雨
靜靜地
灑落

（四）卡布其諾蘆筍湯

豐收的季節
布列塔尼的鹽花
在味蕾的幽谷中綻放
詩人捲袖於伊甸園忙碌著
雨果的收割

當十七世紀的薰風
濃濃地吹響原野青脆的蘆笛
看著遠方的雲朵
排列成史詩的形狀
我們放下手邊的工作

團團圍成一個個
天使的光環
輕踩文藝復興時期的舞步
把腳下的軟弱
踩出黃金的顏色

就這麼地跳著
直到上帝的雙眼
在黑夜中
睜　　開

（五）法式烤羊排佐鮭魚洋芋

俯視著冬天自我眼角默默走過
以兩個瞬目的距離
春天　徐徐走來

躺在柔軟的綠火中
骨感的女人
肉做的玫瑰
以三分熟微笑
褪下我多刺的憂鬱

何處是我的鄉愁？
泥濘中呼喚
那走失的青春小獸
蹲伏在屋頂
積雪　有妳的香味

（六）松露冰淇淋

乘坐南瓜雕琢的雙人馬車
駛入香草淹蔓的小徑
水晶迷宮中
童話被切割成最耀眼的比例
夢境的光線
穿梭於一個個逐漸消失的房間

鐘敲十二響
將自己鎖在妳眼神的死角
別頭也甩不開的地方
我灑下黑色的眼淚

回家的路上
妳不是灰姑娘

手持玻璃鞋的我
是落難的王孫

（七）野莓果仁慕司

循著滋味的逆流
赤足走在目光也爬不上的高度
腳下抽長的味蕾
漸漸長成一株株向陽的樹
當四周風景已不再流動
妳站在生命的起點
摘下一串野果
看它如何順流

雲在天空模仿著
塞納的堤色

腳邊滾來的
那一串野果
要我嚐嚐它的青澀：
我這才明白
一九七三

那年　妳在對岸
等著我

吽：詩是一門說穿了的藝術

你活在一個被看見的世界
你活在第36張臉
不要跟一棵跑累了的樹說話
不要藏拙
也不要替問題解圍
你不要跟著我
如果我對你也這樣做過

這就是藝術

存在的死亡

生而為人，其最終所能得到與完成的，只有死亡。

第一章　神曲

一、以詩之名

～我們總在一團死去的文字中，
試圖鑿出一個不朽的句子。

真理，一個找不著詞類的文字；
急駛在字裏行間
我的詩
終將因為一個故障的燈號
而難以抵達。

悲傷，在離妳最近的地方
撥打給十年後的自己

而寂寞恰如一串錯誤的電話號碼
接通的另一端
會是誰的年老？
拂拂夢的湖畔
我倆合力拋出神話中的巨石
只為聽見彼此心中
那心跳的水聲

等待，不再微熱
當夜色已淹過我倆空無的臉龐
此時，請讓我的詩
在最高的地方
火花了
那些你我看不見的
繁星的話。

二、以流浪之名

～我與時間的關係，如一根弦，沉默中，拉扯出聲響。

在乾涸的水族箱中，我撿到
一隻漂流木作成的吉他
Do Mi So

回憶著鄉愁的指法
于我腳下，一幢海洋
自流沙中矗起
直到，淹沒了整座沙漠
漂流木作成的槳
海面上劃著
一首流浪者之歌

Do Mi So……
我在旋律中緩慢地鬆弛
逆時針般歌唱
比弦聲快，音符長
漂流，是一句擱淺在沙灘上的童話。

八十年代最後的一場海洋
。我。蒸發。

三、以愛情之名

～在晚起的晨曦中，那朵未開的蓓蕾，喚作愛情。

然後便不去思考
那個關於你身體裏的

微弱的走廊；
一束花、半缽水、或許
放在一張獨腳的桌上
焦黑的獸骨在牆上沙沙素描著死亡
站在走廊盡頭的
一面黑色的鏡子
哭著反光……

然後，一切是那麼地乾淨。
寂寞的聲音，沒有一絲塵埃
當你以那條縫入青春中的換日線
割下自己的左半邊——
影子不愛的那個部份。

我說
安靜是你的一切。

四、以大地之名

～生命，總在底部腐爛。

例如一顆掉落我胸口上的梨子
光滑的底部——

那容易腐爛的地方
早熟了我的容顏。
無人知悉的一場婚禮。
我以一次心跳吻合你最甜美的私處
還給你
生命的真相。

還是，讓死亡見證了我的不老。
曾讓所有生命在我身上睡著
卻回答不出
一句有關哀傷的謊話；
幾乎同樣的速度
一串風信子
在你壓著它之前
倉促地爆開……

卻不飛翔。
黑色的香味
我看見光滑的季節
慢慢石化。

五、以空虛之名

～可不可以就這樣與清醒的我先說聲再見。

就像這樣，我
夾　在　白　與　黑　之　間
沒有誰是有罪的
當所有的聖徒不再告解。

就像這樣，影子
取　走　了　我　的　□　天
漫長的日子，一如焦慮的電視畫面
雨聲的旁白
讓時間顯得孤獨。
打開冰箱
我享受虛弱的月光
並朝它微笑。

把以後的日子
貼上一個標籤

哭泣節　發呆節　哭泣著發呆節……
獨獨保留了曾經
最愛的愚人節。

按表操課
厚厚的日子
就這麼瘦了。

六、以牢之名

～恐懼，是如此窄小而又巨大。

沒有臉孔的人
緩緩向我走來
要我給他一個名字。
（此時，我倆想著的是一樣的嗎？）
那聲音，像是從童年的身體裏發出來的
我循聲追去
卻看不見自己。

夜色如鐘。
天空忽然以落淚的速度

緊緊罩住了我；
無處逃竄的光線
在我掌心
漸漸熄滅成靈魂的樣子。

不停敲打著鐘的裏面
在我將死之前——
鐘外的世界
下起初冬的
第一場晚雪
　。

七、以這裏之名

～你有千種疑惑的表情；我卻只有一張臉。

你也知道
我總要回到這裏
在走過了那些死亡之後
你說：存在，是如此不可感傷。

而我徘徊在你的邊界上彈奏
尾音沾滿溫柔的緊張：

有誰可以給我孤絕和希望

像大海給我一個浪；

當彼此不再是一個完整的世界

我們彷彿缺牙的琴鍵

無法靠近的兩個音階。

一如黑色的世界沒有地獄

每位守夜人都擁有一盞光的名字。

在走過了那些死亡之後

我知道

你總會問：

永恆，真是如此不可原諒？

第二章　神話

八、以獵人之名

～凡我獵過的，都以最完美的姿態而死。

以陷阱作為開始

一位獵人

那慣用的本事。

披著腥膻的皮毛
徘徊潔淨月光下
在不毛的心底深處
低頭，偷偷塞下幾口雪，果腹。

就這麼等待著自己
化作一頭獵物。

一發聲響
來自宇宙的深處
又像從耳裏發出。
你是如此警覺而又困倦的
把自己禁錮在瞄準鏡的最遠處

直到身旁的你的影子
傾聽中頹然倒下……

幾粒燐火自夢境的傷口
冷冷竄出
如是昨夜
星光的數目。

九、以火之名

～你說：我所燎原的，不過是神的遺跡。

你的出現一如
數不盡的欲望之蛇
大地上扭攪翻滾著
一種祈雨的儀式
單純之渴
在靜物間滂沱開來
你一步步所走過的地方——
無法洗刷的
神的血跡。

你，那黑暗所遺棄的孩子
其實並不如此懼怕孤寂
而只是如此寒冷的
擁抱著神遺於世上的凡骨
伴隨摩擦的文明
在漆黑的洞窟中牙牙學語

我曾一度誤認
那是最早的哭泣。

十、以救贖之名

～信仰是一件無色無味的糖衣⋯⋯

你所謂的交易
無非為了製出那滴
最遺忘的配方
以最脆弱的心靈去包裹
在最堅硬的地方
咬破。
然後是流出的哭泣

因為無法解釋
所以救贖
「我們無法因為成就那些因
而吃下這些果。」
神說：「這是奉獻的真意。」

你終其一生
都在搖動著那只糖罐

直到某天
發出聲音。

十一、以樹之名

～沉默，是最秋天的瞭解。

你張顯任何可以影子的
青春、回首或一些些能夠歡笑的時間
以便捕捉死亡的瞬間。

旁人眼中
你卻是靜止得一如
沉思的樹了
任性的凋零
祇因為風的緣故。

在沉默前一刻
不意翻開一本旅人的童話：
有一位叫做樹的孩子，他每天唯一能做的事，就是
站在路邊，站在那不起眼的路邊。他沒有朋友，所
以他不會說話；沒有眼淚，所以他無法哭泣。他只

有一頭易落的濃髮，從小，他便給它取了一個名字，
叫做秋天。

你是如此心滿意足地闔上那本無字之書。
離冬天還有半刻
你說：已足夠讓我
鋪滿來時的那個季節。

十二、以門之名

～在黎明前，你看見的那道光，不是神跡。

是掌管一切的奧祕
一扇門
從故事離去後一直沒有開啟。
一扇咒語之門
藏在鏡子背面：
凡在鏡中照不出容顏的
我將為你而開啟。

一陣風吹開黑暗的裂縫
一個影子閃身而入

趕在鏡子察覺之前
摀住自己雙眼
（那道裂縫一直張在那裏）
鬆了鬆喉嚨：

咳。話說一段謎語
題目我忘了。
繼續。話說一個謎底。
門。

十三、以時間之名

～所以，我們追趕時間，只為了讓昨天離我們更遠。

夜晚，我們逐夢而居
逃避現在式的追趕
遊牧於意識之外的民族
寂寞是眼角的北極星。

我是睡著了
卻把風聲喚醒
一匹匹低過羊群的夢草
揮別著馬蹄的哀傷

而你哭泣
遠在我聽不見的地方。

那是昨夜的嚼鈴聲
當我們並不明白流浪的廣義
是否就是跟隨著未來過去式的
明天，如此簡單。

然而日子就是這麼建造的
白天，當我們居夢而築。

十四、以掌之名

～宿命，逃避孤獨的代價。

而又該是怎樣的黑暗讓光疲倦於穿透
你的宿命
一種你反正了些甚麼
甚麼也不能正反的哀傷。

無際之海
我們仰泳在墜落的天空裏
像一座座失去方向的藍鯨

噴發出絕望的哭喊
那比晚雲還要孤獨的

迷霧，飄向觸手可及的天邊
一線比死亡還要單音的遠方。

因為流淚
我們在海中緩緩升高。
當天空漸漸合攏於額間……

你說：「別怕，這不是夜。」

十五、以手語之名

～傳說，手語，是神來過的唯一證據。

我們蹲在溫暖的屋子角落
像一袋袋沉甸的馬鈴薯
桌上有一盞燭
一些空盤子、幾句禱告與破舊的聖經

沒有食物
這使我們感到飽足。
大家手牽著手
像藤蔓圍繞著落日中的日晷儀
讓光靜靜梳過我們
緊握的祕密。

那些看不見的神諭
凝固在燭火周圍
發出半透明的聲音
光的氣味
天堂是如此陌生得熟悉。

當一切熄滅之時
我們將彼此的雙手收回
一如開始
靜默地交叉在胸前。

致H

一、如果我也寫給你

住進一間不曾想家的屋子。是你嗎
H，落葉沿著湖濱走來同我平分了今晚的秋色
回憶就像遠方森林裡的風力發電廠
熱切地維持著我們瞳孔裡的光明

我們終究在彼此的髮流裡失散。
撞見一尾鮭魚在山谷間獨泅，石頭裡的香味
將我與你的距離染開。H還記得那抹
因為迷路所以回不了家的月光嗎？

它一直是整個森林最小聲的祕密。
那些小口小口喝著梅雨的祖靈，唱出

孩童們含在肚臍眼裡的歌；H
日子偷偷把季節拉長了，直到有一天
我該不該被自己的影子絆倒

此刻就讓我對你說說那個關於長方形的夢
可以像抽屜般拉出來有小小把手的夢，它將
發出介於烏克麗麗與羊毛衫之間的聲音。我必須
撕去在每個人夢境裡片段的我，除了你。H
我們還沒有完成自己的形狀
世界還只是一朵正在流沙裡綻放的花。

那是彼此小小的約定在世界末日來臨前
猜拳決定誰去邊境當個粗心的行李檢查員
另一個人將提起對方的過去穿越大廳，行囊裡裝滿
那些寫給明天的信，一起走出這個世界——

在那個水落石出的地方，有顆
看不見自己的星星；H，第一次
你帶我聽見了宇宙的鼾聲。

二、白皮書

然而整座房子因為聽／信了太多祕密感到坐立難安。
那些不可告人導致潮濕的口氣，讓外牆滿佈了霉斑——
前些日子我遂去函月光與闊葉樹們
煩其抓漏，無奈小屋野蠻已久，實無法可醫。

推開房門，方知屋外剛下過流星雨。我站在
霧中點起一枝菸，看它喝醉的樣子。
此時已近末日，天空飛碟處處，花語鳥香；
卡爾維諾應約而來，關於下一個太平盛世
我們草擬了殖民星球備忘錄，申請造物者
為之釋憲。

你勸我別太案牘，畢竟在下一個世界
時間並不重要；他只是一個連接生與死的介系詞。
在兩種活著之間所推擠出來的關節，讓我們
得以行走奔跑於背景之中。

這樣的說法，其實並不能讓我遺憾。
我早厭於不自覺地接受命運的諸多安排狀似傲然

卻深知自己終將僥倖而懷恨在心。
原來，

我對自己的恨並不亞於自己對這個世界的愛。

就像用思念築起的這間房子
音樂打造的扶手、呼吸凝成的木質桌椅、我的眼神
是門口的夜燈與樓梯，如此鬆軟又莽撞的氣窗。
被風掩飾的頂樓加蓋，我用失望去打掃的家園啊，
是如此神祕而充滿了善意。

H，如果你也有那條
通往雨林的玄關。

三、翻滾吧。H

當我說翻滾吧，一條路便霧出了
這個不再追問的城市。H，你是否還相信
這裡將是我們的海市蜃樓；噴泉沙啞
下半身模糊的動物雕像。而我們尚未含苞
便已綻放，遠處的風聲在你鎖骨裡慢慢
鬆動。H，誰還記得那個冬天

為了合好面紅耳赤的我們弄傷了自己的手。
然而越寂寞的，依舊越輝煌。
盡頭是一條路最早的回憶；H你還記得我
在上封信中因經營不善只好關閉的那間風力發電廠嗎
現在已改建成溫泉旅館了，當你經過
植在我背地裡的樹（就是唯一長出鞦韆的那棵）
後左轉直走，招牌看起來像一個淺淺的酒窩。
我在門口試著栽種一排雪人，其中幾個已經
漸漸有了口音。
就像我那越來越輝煌的寂寞。
河水衍伸出鹹鹹的枝節，舔舐著瘋狂的石頭
因想念那不曾謀面的大海而變聲。
我卻無法盲從於你，H。請原諒我
在你河床上練習迷路的時候

是的，寂寞是一種行為了。
今晚，我將自己排成露珠，草率地
獨自看完天空所有的表情。
如果你說：別忘了，世界還欠咱們一個
單手　後　　空　　翻

四、斷章

────每天我都在等待那輛從明天駛來的列車
　　離開這個叫做「今天」的地方。

H，聽說
你還在那裡代替我，宣揚我們曾經
發明的寂寞、巨型的標本
還有足足降下一整個世紀的雨。
這些年為了尋找你我離開了自己
途中偶遇一位波希米亞籍熱愛占卜的逐夢家
總是能夠以一小撮鬍渣生火，他教我
如何細心照料自己的舌苔，如何分辨
蘆葦求偶的聲音；在匆匆的秋天裡
駐足聆聽被水鳥揚起的肺葉。

H，聽說
為了那個遲遲不來的空襲警報
祖先們在防空洞中寫下許多關於宵禁的傳說
其中最有名的算是「葛老太太的皮影戲」
還有一些長頸漆器的保存方法。

為了我的族人，我成為自己的王
祭司在牆上複刻下一段祖先的話，暫作曆法：
「現在，是未來和過去緊緊擁抱的部份。」
如今我將信守對你的謊言，在漆黑的巢穴
緊擁著伸手不見五指的文明，直到感覺自己
流出了你的影子。

暴雨在一個夜裡以羊群的形式
離開了每座失眠的城市。
那晚我們並肩坐在彼此的眼中，當牧羊人
齊整地列隊進城……
H，聽說
世界原來是一間經營不善的兒童樂園
有人看見那個頂替你的小丑，趕在失火之前
悄悄上了車。

楚歌

越過這裡，就是寂寞的邊境了
一列滿載著情人的歌曲走到這裡，已開始成沙。
苦水駱駝順著路肩蹲下休憩，月亮自駝峰間
升起。那些掠過我唇齒的風聲
我早已無法解讀。

在荒蕪的印堂中找尋多年前的鋤頭。
我的雙眼是兩口未取之井，在最深夜
一隻潮濕的野獸於井邊留下它
有氣味的笑。他明白冬天
所有的聲音都是趨近白色的；也不寒暄
深怕自己熱絡的影子在冰上融化。

此時我正在跟一隻心懷鬼胎的幽靈談天，
聊聊那些活著的時候像盞燈，死了
便能夠像朵花一樣吹開的人。我的猛獸
如今你蹲踞在自己影子裡一動也不動；
看我一個人把月色磨亮，迎接夜晚
那個正欲棄暗投明的漢子。

駝鈴從歌中擰出一把滴溜溜的冷，如冬樹般張開的冷
將我持住：我的口袋在故園裡外撲飛。
白花花日子已在邊境灑下，好深好深
我把自個兒躊躇於你們頸間，忽聽耳環在說話
告訴我不曾見過死去的世界裡有雪。

原來我便是那頭困在天地線裡的獸。
用我的氣味去標示這個世界，還有那徒然
想穿過這個世界的聲音們，你們不該讓我
痛恨起自己眼睛裡的黑色。

二、

如果你不曾告訴我這是一場夢，世界也不是
一個正在醒來的形狀。或者睡眠
就不再是一個人謀殺另一個人那樣的事情。

在一間沾滿污點證人的房間醒來。沒有人相信
夢還是清白的。睡前穿上的血衣，醒來後
已經嗅不出兇手的秋天；你大膽預測
在一間沒有床的房間裡作夢是多麼危險的事：

如果你不曾告訴我這是一場夢。四方都是走獸，
時間都是屍首，牆壁都是病歷。
是了。這是個人吃人的夢，誰醒來
誰就是刀子。

那些被我刺進去拔不出來的人。你們將仇恨
一併交到我的手裡，他們更像是髮膚
緊緊縫住我囊腫的軀體──無法走漏風聲的
花園中我失去了我的眼淚。

還有我的唇齒，我對落葉的閱讀習慣，
那些被我搖晃而傾向於秋天的情人。

再來的玫瑰。匍匐的血。一把痛到不能再痛的
刀子。一個沒有過去的人。
是我，從屍首中醒來，獨自泅泳過骨海
而你們還在歌詞中對照我所犯下的罪，從滔天
到無常。祇為了能讓我再死一次。

我聽見那群挨家挨戶搜查我的獸，從一首詩
闖進另一首詩裡。

三、

「一張紙燒到這裡，再下去恐怕連意思都要成灰了。」
蜷縮在城市焦黃的角落，一個過度曝光的人
對這個世界的看法總是過於黑暗。

你說這句話的時候正在生鏽。一本因為打開太久
而不得不害羞的書；我閱讀過裡頭每一個鬆弛的意思，
例如：每當寂寞時候我總是寫詩。

是的，這也讓我想起一些過去電影中我所不曾去過的
場景：失火的花園、做過的第一個夢、一個攝影師
尾隨一場正要發生的命案的樣子。是的

我曾與你在同一個小小的肺泡裡合唱，在走音中做愛，
在一場飢餓三十的活動上死命塞進一件免費的T恤中
充當一個胖子：令人討厭的偶蹄類。

就像蝴蝶：一張對哭聲極其敏感的紙，與它充滿對稱
性的哀傷。當他飄揚在城市的上空，所有的人
都聽到一首從耳朵裡傳出來的歌。

其實你一直懷疑自己在夢遊，所有你眼中的不真實
其實都是另一個世界的自己。那些浮出表面的
夢：在漆黑的江面上像人頭一般的游……

那是烏江：流亡星星的故鄉。江上頭顱閃亮，
你看見那些漆黑中的表情都沒有臉孔；他們朝向
你影子的深處蕩去，一隻鋤頭在你的抬頭紋中解讀方向。

這是夢，這是你懷疑過的春秋。一生氣便跑到裡頭
躲雨的濃湯罐頭。夢在嚼食著將頭手伸出夢裡
鏡頭捕捉到的一隻鬼：它蒼老而旁白。

接下來幾個夜晚，我們作夢，卻也不敢再入睡。
直到火車上一個查票員，拿著看不見的手電筒：
打開。一下子收走了我們浮出表面的臉。

我無法忘記那天，可是我卻忘記了那天你在哪裡。
幾滴鉛雨陷在紙上，我記得你的詩，詩中的刀子
刀子裡下過的雪。當一把喉嚨燒到了這裡：

「我該怎麼否認另一個世界這種說法呢？」
末日後的第一個早晨，整個宇宙有默契地
將我留下，且要昨晚夢中的你們相信，此去，八方無人
生還

四、

序曲：如果我只懂得一種活著的方式，
　　　那也是讓我能永生的原因。

〈楚歌〉

那是一首我從未聽過的民謠。
描述風在凹陷、村莊在打結、一群人點燃了山
去燒響河水。此時你緊緊握著我的手
說你看見了楚國。你看見那些等待著我歸來的移民，
他們臉上長出了玫瑰。勝負已不再是
種植在枕下的手槍；晚安，虞姬
跟隨霸王的你，你飄散在邊境上的蝴蝶
是有心人最後的一場雪。那條藏在駝鈴裡
逃亡的密道我已先遣勇士將我輕輕的死訊帶回：
終其一生，只為做一個能讓我醒來的夢。
在死者眼中，時間可有陰陽？大江可有南北？
而今我站在千年後的楚境，看我的百姓沸沸揚揚
高唱夜在植皮、電梯在吞藥、一群人撕咬著大樓
去取悅猛獸。此刻我的腳步已懸在烏江之上；四面
了無追兵。晚安，虞姬，生當做人傑，死亦為鬼雄。
清照明白，這個絕句永遠是屬於夏日的。
眼看大風就要吹開江水，且讓
你用娉婷影子為我此行溫壺酒；
繁花似錦的公園遊民如織、幾枚頑棋負傷兀自突圍……

有人從收音機中拔出一把猶未開鋒的喉嚨：
那是一首我從未聽過的民謠。
其中有許多還沒來得及被翻譯成意思的字——
神祕、捲舌又好聽得簡單。

鹿抄

一、

小鹿比上次看到牠的時候又長高了
它現在已經可以親吻
自己的倒影了

二、

有些比自己眼睛還要潮濕的果實
你不敢吃
那時總會把森林叫醒
要牠聽聽
自己的蹄印
比風還要清澈

三、

小鹿你知道嗎
湖泊這種動物
會因為過度地注視而死去

四、

小鹿做錯事的時候
會舔舔腹部的花朵
好久好久

五、

你的眼睛是整座森林最靠近額頭的地方

六、

小鹿想要捕捉掉落的星星
一顆　兩顆
直到你聽見有人
叫你從前的名字輕輕
害怕了起來

七、

只是沒有了霧
你又該如何認得
那條回家最近的路

八、

一個斑點睡著了然後
一個斑點睡著了

九、

小鹿喜歡聽故事
它可以走到壞人的身邊
只為了聽一個
受過傷的故事

十、

你把心事都告訴了
最老的那棵樹
相信唯有如此
這些祕密
才不會跟著它一起長大

十一、

是真的嗎小鹿
你真的到了那個
犄角也無法聆聽的地方

要讀詩03　PG1029

　神棍
　　　　　　——范家駿詩集

作　　者	范家駿
主　　編	蘇紹連
責任編輯	黃姣潔
圖文排版	楊家齊
封面設計	林郁凌

出版策劃	要有光
製作發行	秀威資訊科技股份有限公司
	114 台北市內湖區瑞光路76巷65號1樓
	電話：+886-2-2796-3638　傳真：+886-2-2796-1377
	服務信箱：service@showwe.com.tw
	http://www.showwe.com.tw
郵政劃撥	19563868　戶名：秀威資訊科技股份有限公司
展售門市	國家書店【松江門市】
	104 台北市中山區松江路209號1樓
	電話：+886-2-2518-0207　傳真：+886-2-2518-0778
網路訂購	秀威網路書店：http://www.bodbooks.com.tw
	國家網路書店：http://www.govbooks.com.tw
法律顧問	毛國樑　律師
總 經 銷	易可數位行銷股份有限公司
	地址：231新北市新店區寶橋路235巷6弄3號5樓
	電話：+886-2-8911-0825　傳真：+886-2-8911-0801
	e-mail：book-info@ecorebooks.com
	易可部落格：http://ecorebooks.pixnet.net/blog

出版日期	2013年9月　BOD一版
定　　價	330元

Printed in Taiwan

國家圖書館出版品預行編目

神棍：范家駿詩集 / 范家駿著 -- 一版. -- 臺北市：要
有光, 2013. 09
　　面；　公分. -- (要讀詩；PG1029)
　BOD版
　ISBN 978-986-89852-6-1(平裝)

851.486　　　　　　　　　　　　　　102017396

讀者回函卡

感謝您購買本書，為提升服務品質，請填妥以下資料，將讀者回函卡直接寄回或傳真本公司，收到您的寶貴意見後，我們會收藏記錄及檢討，謝謝！如您需要了解本公司最新出版書目、購書優惠或企劃活動，歡迎您上網查詢或下載相關資料：http:// www.showwe.com.tw

您購買的書名：＿＿＿＿＿＿＿＿＿＿＿＿＿＿＿＿＿＿＿＿＿＿

出生日期：＿＿＿＿＿年＿＿＿＿＿月＿＿＿＿＿日

學歷：□高中 (含) 以下　　□大專　　□研究所 (含) 以上

職業：□製造業　□金融業　□資訊業　□軍警　□傳播業　□自由業
　　　□服務業　□公務員　□教職　　□學生　□家管　　□其它＿＿＿

購書地點：□網路書店　□實體書店　□書展　□郵購　□贈閱　□其他

您從何得知本書的消息？

　□網路書店　□實體書店　□網路搜尋　□電子報　□書訊　□雜誌
　□傳播媒體　□親友推薦　□網站推薦　□部落格　□其他＿＿＿＿＿＿

您對本書的評價：（請填代號　1.非常滿意　2.滿意　3.尚可　4.再改進）

　封面設計＿＿＿　版面編排＿＿＿　內容＿＿＿　文／譯筆＿＿＿　價格＿＿＿

讀完書後您覺得：

　□很有收穫　□有收穫　□收穫不多　□沒收穫

對我們的建議：＿＿＿＿＿＿＿＿＿＿＿＿＿＿＿＿＿＿＿＿＿＿＿

＿＿＿＿＿＿＿＿＿＿＿＿＿＿＿＿＿＿＿＿＿＿＿＿＿＿＿＿＿＿＿＿

＿＿＿＿＿＿＿＿＿＿＿＿＿＿＿＿＿＿＿＿＿＿＿＿＿＿＿＿＿＿＿＿

＿＿＿＿＿＿＿＿＿＿＿＿＿＿＿＿＿＿＿＿＿＿＿＿＿＿＿＿＿＿＿＿

11466
台北市內湖區瑞光路 76 巷 65 號 1 樓

秀威資訊科技股份有限公司　　　收

BOD 數位出版事業部

⋯⋯⋯⋯⋯⋯⋯⋯⋯⋯⋯⋯⋯⋯⋯⋯⋯⋯⋯⋯⋯⋯⋯⋯⋯⋯⋯⋯⋯

（請沿線對折寄回，謝謝！）

姓　　名：＿＿＿＿＿＿＿＿＿　年齡：＿＿＿＿＿　性別：□女　□男

郵遞區號：□□□□□

地　　址：＿＿＿＿＿＿＿＿＿＿＿＿＿＿＿＿＿＿＿＿＿＿＿＿＿＿

聯絡電話：(日) ＿＿＿＿＿＿＿＿＿＿　(夜) ＿＿＿＿＿＿＿＿＿＿

E-mail：＿＿＿＿＿＿＿＿＿＿＿＿＿＿＿＿＿＿＿＿＿＿＿＿＿＿